В·Л·А·Д·И·М·И·Р

СОРОКИН

День опричника

Издательство АСТ
МОСКВА

УДК 821.161.1-31
ББК 84(2Рос=Рус)6-44
С65

Художественное оформление и макет *Екатерины Ферез*

Сорокин, Владимир Георгиевич.

С65   День опричника / В. Сорокин. — Москва : Издательство АСТ, 2016. — 224 с. — (Эксклюзивная новая классика).

ISBN 978-5-17-086652-6

Пустить красного петуха и поймать золотую рыбку — лишь малая толика того, что должен совершить за день опричник, надежда и опора государства Российского. «Слово и дело» — его девиз, верность начальству — его принцип, двоемыслие — его мораль, насилие — его инструмент. Повесть Владимира Сорокина «День опричника» — это и балаганное действо, способное рассмешить до колик, и неутешительное предсказание. Опричник отлично себя чувствует в сорокинской Москве недалекого будущего — потому что он незаменим.

«День опричника», впервые изданный в 2006 году, переведен на двадцать языков. В 2013 году повесть вошла в шорт-лист Международной премии Букера.

УДК 821.161.1-31
ББК 84(2Рос=Рус)6-44

ISBN 978-5-17-086652-6

Сон все тот же: иду по полю бескрайнему, русскому, за горизонт уходящему, вижу белого коня впереди, иду к нему, чую, что конь этот особый, всем коням конь, красавец, ведун, быстроног; поспешаю, а догнать не могу, убыстряю шаг, кричу, зову, понимаю вдруг, что в том коне — вся жизнь, вся судьба моя, вся удача, что нужен он мне как воздух, бегу, бегу, бегу за ним, а он все так же неспешно удаляется, ничего и никого не замечая, навсегда уходит, уходит от меня, уходит навеки, уходит бесповоротно, уходит, уходит, уходит...

Мое мобило будит меня:
Удар кнута — вскрик.
Снова удар — стон.
Третий удар — хрип.
Поярок записал это в Тайном приказе, когда пытали дальневосточного воеводу. Эта музыка разбудит и мертвого.

— Комяга слушает, — прикладываю холодное мобило к сонно-теплому уху.

— Здравы будьте, Андрей Данилович. Коростылев тревожит, — оживает голос старого дьяка из Посольского приказа, и сразу же возле мобилы в воздухе возникает усато-озабоченное рыло его.

— Чего надо?

— Осмелюсь вам напомнить: сегодня ввечеру прием албанского посла. Требуется обстояние дюжины.

— Знаю, — недовольно бормочу, хотя, по-честному, — забыл.

— Простите за беспокойство. Служба.

Кладу мобило на тумбу. Какого рожна посольский дьяк напоминает мне про обстояние? Ах да... теперь же посольские правят обряд омовения рук. Забыл... Не открывая глаз, свешиваю ноги с постели, встряхиваю голову: тяжела после вчерашнего. Нащупываю колокольчик, трясу. Слышно, как за стеной Федька спрыгивает с лежанки, суетится, звякает посудой. Сижу, опустив неготовую проснуться голову: вчера опять пришлось принять по полной, хотя дал зарок пить и нюхать только со своими, клал 99 поклонов покаянных в Успенском, молился святому Вонифатию. Псу под хвост! Что делать, ежели окольничьему Кириллу Ивановичу я не могу отказать. Он умный. И горазд на мудрые советы. А я, в отличие от Поярка и Сиволая, ценю в людях умное начало. Слушать премудрые речи Кирилла

Ивановича я могу бесконечно, а он без кокоши неразговорчив…

Входит Федька:

— Здравы будьте, Андрей Данилович.

Открываю глаза.

Федька стоит с подносом. Рожа его, как всегда с утра, помята и нелепа. На подносе традиционное для похмельного утра: стакан белого квасу, рюмка водки, полстакана капустного рассола. Выпиваю рассол. Щиплет в носу и сводит скулы. Выдохнув, опрокидываю в себя водку. Подступают слезы, размывая Федькину рожу. Вспоминается *почти* все — кто я, где и зачем. Медлю, осторожно вдыхая. Запиваю водку квасом. Проходит минута Неподвижности Великой. Отрыгиваю громко, со стоном нутряным. Отираю слезы. И теперь вспоминаю уже все.

Федька убирает поднос и, опустившись на колено, подставляет руку. Опираюсь, встаю. От Федьки утром пахнет хуже, чем вечером. Это — *правда* его тела, и от нее никуда не денешься. Розги тут не помогают. Потягиваясь и кряхтя, иду к иконостасу, затепливаю лампадку, опускаюсь на колени. Читаю молитвы утренние, кладу поклоны. Федька стоит позади, позевывает и крестится.

Помолившись, встаю, опираясь на Федьку. Иду в ванную. Омываю лицо приготовленной колодезной водою с плавающими льдинками. Гляжусь в зеркало. Лицо опухло слегка, воскрылия носа в синих прожилках, волосы всклокочены. На висках первая седина. Рановато для моего возраста. Но — служба наша такая, ничего не попишешь. Тяжкое дело государственное…

Справив большую и малую нужду, забираюсь в джакузи, включаю программу, откидываю голову на теплый, удобный подголовник. Смотрю в потолок на роспись: девки, собирающие вишню в саду. Это успокаивает. Гляжу на девичьи ноги, на корзины со спелою вишней. Вода заполняет ванну, вспенивается воздухом, бурлит вокруг моего тела. Водка внутри, пена снаружи постепенно приводят меня в чувство. Через четверть часа бурление прекращается. Лежу еще немного. Нажимаю кнопку. Входит Федька с простыней и халатом. Помогает мне вылезти из джакузи, оборачивает простыней, кутает в халат. Прохожу в столовую. Там Танюшка уже сервирует завтрак. На стене поодаль — пузырь вестевой. Даю голосом команду:

— Новости!

Вспыхивает пузырь, переливается голубо-бело-красным флагом Родины с золотым орлом двуглавым, звенит колоколами Ивана Великого. Отхлебнув чаю с малиной, просматриваю новости: на северокавказском участке Южной стены опять воровство приказных и земских, Дальневосточная труба так и будет перекрыта до челобитной от японцев, китайцы расширяют поселения в Красноярске и Новосибирске, суд над менялами из Уральского казначейства продолжается, татары строят к Юбилею Государя умный дворец, мозгляки из Лекарской академии завершают работы над геном старения, Муромские Гусляры дадут два концерта в Белокаменной, граф Трифон Багратионович Голицын побил свою молодую жену, в январе в Свято-Петрограде на Сенной пороть не будут, рубль к юаню укрепился еще на полкопейки.

Танюшка подает сырники, пареную репу в меду, кисель. В отличие от Федьки, Танюшка благолепна и благоуханна. Юбки ее приятно шелестят.

Крепкий чай и клюквенный кисель окончательно возвращают меня к жизни. Спасительный пот прошибает. Танюшка протягивает мне ею же расшитое полотенце. Я отираю лицо свое, встаю из-за стола, крещусь, благодарю Господа за пищу.

Пора приступать к делам.

Пришлый цирюльник уже ждет в платяной. Следую туда. Молчаливый, приземистый Самсон с поклоном усаживает меня перед зеркалами, массирует лицо, натирает шею лавандовым маслом. Руки у него, как у всех цирюльников, малоприятные. Но я принципиально не согласен с циником Мандельштамом — власть вовсе не «отвратительна, как руки брадобрея». Власть прелестна и притягательна, как лоно нерожавшей златошвейки. А руки брадобрея… что поделаешь — бабам наших бород брить не положено. Самсон пускает мне на щеки пену из оранжевого баллончика «Чингисхан», предельно аккуратно размазывает, не касаясь моей узкой и красивой бороды, берется за бритву, размашисто правит ее на ремне, прицеливается, поджав нижнюю губу, и начинает ровно и плавно снимать пену с моего лица. Смотрю на себя. Щеки уже *не очень* свежи. За эти два года я похудел на полпуда. Синяки под глазами стали нормой. Все мы хронически недосыпаем. Прошлая ночь — не исключение.

Сменив бритву на электрическую машинку, Самсон ловко поправляет секирообразный островок моей бороды.

Я сурово подмигиваю себе: «С добрым утром, Комяга!»

Малоприятные руки кладут на лицо горячую салфетку, пропитанную мятой. Самсон тщательно вытирает мое лицо, румянит щеки, завивает чуб, лакирует, щедро сыплет на него золотую пудру, вдевает в правое ухо увесистую золотую серьгу — колокольчик без языка. Такие серьги носят только наши. И никакая земская, приказная, стрелецкая, думская или столбовая сволочь даже на маскарад рождественский не посмеет надеть такой колокольчик.

Самсон опрыскивает мою голову «Диким яблоком», молча кланяется и выходит — он сделал свое цирюльное дело. Тут же возникает Федька. Морда его по-прежнему помята, но он уже успел сменить рубаху, почистить зубы и вымыть руки. Он готов к процессу моего облачения. Прикладываю ладонь к замку платяного шкапа. Замок пищит, подмигивает красным огоньком, дубовая дверь отъезжает в сторону. Каждое утро вижу я все свои восемнадцать платьев. Вид их бодрит. Сегодня обычный будний день. Стало быть — рабочая одежа.

— Деловое, — говорю я Федьке.

Он вынимает платье из шкапа, начинает одевать меня: белое, шитое крестами исподнее, красная рубаха с косым воротом, парчовая куртка с куньей оторочкой, расшитая золотыми и серебряными нитями, бархатные порты, сафьяновые красные сапоги, кованные медью. Поверх парчовой куртки Федька надевает на меня долгополый, подбитый ватою кафтан черного грубого сукна.

Глянув на себя в зеркало, закрываю шкап.

Иду в прихожую, гляжу на часы: 8:03. Время терпит. В прихожей меня уже ждут провожатые: нянька с иконою Георгия Победоносца, Федька с шапкой и поясом. Надеваю шапку черного бархата с соболиной оторочкой, даю себя подпоясать широким кожаным ремнем. На ремне — слева кинжал в медных ножнах, справа «Реброфф» в деревянной кобуре. Нянька между тем крестит меня:

— Андрюшенька, храни тебя Пресвятая Богородица, святой Никола и все Оптинские старцы!

Острый подбородок ее трясется, голубенькие слезящиеся глазки смотрят с умилением. Я крещусь, целую икону святого Георгия. Нянька сует мне в карман молитву «Живый в помощи Вышняго», вышитую матушками Новодевичьего монастыря золотом на черной ленте. Без этой молитвы я на *дела* не езжу.

— Победу на супротивныя… — бормочет Федька, крестясь.

Из черной горницы выглядывает Анастасия: красно-белый сарафан, русая коса на правом плече, изумрудные глаза. По заалевшим ланитам видать: волнуется. Опустила очи долу, поклонилась стремительно, тряхнув высокой грудью, скрылась за косяком дубовым. А у меня сразу *всплеск* сердечный от поклона девичьего: позапрошлая ночь темнотой парною распахнулась, стоном сладким в ушах ожила, теплым телом девичьим прижалась, зашептала жарко, кровушкой по жилам побежала.

Но — дело поперву.

А дел сегодня — невпроворот. И еще этот посол албанский…

Выхожу в сенцы. Там уж вся челядь выстроилась — скотницы, кухарка, повар, дворник, псарь, сторож, ключница:

— Здравы будьте, Андрей Данилович!

Кланяются в пояс. Киваю им, проходя. Скрипят половицы. Отворяют дверь кованую. Выхожу на двор. День солнечный выдался, с морозцем. Снега за ночь подсыпало — на елях, на заборе, на башенке сторожевой. Хорошо, когда снег! Он срам земной прикрывает. И душа чище от него делается.

Щурясь на солнце, оглядываю двор: амбар, сенник, хлев, конюшня — все справное, добротное.

Рвется кобель лохматый на цепи, повизгивают борзые в псарне за домом, кукарекает петух в хлеву. Двор выметен чисто, сугробы аккуратные, как куличи пасхальные. У ворот стоит мой «мерин» — алый, как моя рубаха, приземистый, чистый. Блестит на солнце кабиною прозрачной. А возле него конюх Тимоха с песьей головой в руке ждет, кланяется:

— Андрей Данилович, утвердите!

Показывает мне голову собачью на нынешний день: косматый волкодав, глаза закатились, язык инеем тронут, зубы желтые, сильные. Подходит.

— Валяй!

Тимоха ловко пристегивает голову к бамперу «мерина», метлу — к багажнику. Прикладываю ладонь к замку «мерина», крыша прозрачная вверх всплывает. Усаживаюсь на полулежащее сиденье черной кожи. Пристегиваюсь. Завожу мотор. Тесовые ворота передо мной растворяются. Выезжаю, несусь по узкой прямой дороге, окруженной старым заснеженным ельником. Красота! Хорошее место. Вижу в зеркало свою усадьбу удаляющуюся. Добрый дом, с душою. Всего семь месяцев живу в нем, а чувство такое, что родился и вырос тут. Раньше имение принадлежало товарищу менялы из Казначейского приказа Горохову Степану Игнатьевичу. Когда он во время Великой Чистки Казначейской впал в немилость и *оголился*, мы его и прибрали к рукам. В то лето горячее много казначейских голов полетело. Боброва с пятью приспешниками в клетке железной по Москве возили, потом секли батогами и обезглавили на Лобном месте. Половину казначейских выслали из Москвы за Урал. Работы много было... Горохова тогда, как и положено, сперва мордой по навозу вывозили, потом рот ассигнациями набили, зашили, в жопу свечку воткнули да на воротах усадьбы повесили. Семью трогать было не велено. А имение мне отписали. Справедлив Государь наш. И слава Богу.

Дорога направо сворачивает.

Выезжаю на Рублевый тракт. Хорошая дорога, двухэтажная, десятиполосная. Выруливаю в левую красную полосу. Это наша полоса. Государственная. Покуда жив и при деле Государевом — буду по ней ездить.

Расступаются машины, завидя красный «мерин» опричника с собачьей головой. Рассекаю со свистом воздух подмосковный, давлю на педаль. Постовой косится уважительно. Командую:

— Радио «Русь».

Оживает в кабине мягкий голос девичий:

— Здравы будьте, Андрей Данилович. Что желаете послушать?

Новости я все уже знаю. С похмелья хорошей песни душа просит:

— Спойте-ка мне про степь да про орла.

— Будет исполнено.

Вступают гусляры плавно, бубенцы рассыпаются, колокольчик серебряный звенит, и:

> Ой ты, степь широкая,
> Степь раздольная,
> Широко ты, матушка,
> Протянулася.
>
> Ой, да не степной орел
> Подымается.
> Ой, да то донской казак
> Разгуляется.

Поет Краснознаменный Кремлевский хор. Мощно поет, хорошо. Звенит песня так, что слезы наворачиваются. Несется «мерин» к Белокаменной, мелькают деревни да усадьбы. Сияет солнце на елках заснеженных. И оживает душа, очищается, высокого просит...

> Ой, да не летай, орел,
> Низко по земле,
> Ой, да не гуляй, казак,
> Близко к берегу!

С песней бы так и въехал в Москву, да прерывают. Звонит Посоха. Его холеная харя возникает в радужной рамке.

— А, чтоб тебя... — бормочу, убирая песню.

— Комяга!

— Чего тебе?

— Слово и Дело!

— Ну?

— Осечка у нас со столбовым.

— Как так?

— Крамолу ему ночью не сумели подкинуть.

— Да вы что?! Чего ж ты молчал, куриная голова?

— Мы до последнего ждали, но у него охрана знатная, три колпака.

— Батя знает?

— Не-а. Комяга, скажи ты Бате сам, я стремаюсь. Он на меня еще из-за посадских зол. Страшуся. Сделай, за мной не закиснет.

Вызываю Батю. Широкое рыжебородое лицо его возникает справа от руля.

— Здравствуй, Батя.

— Здорово, Комяга. Готов?

— Я-то всегда готов, Батя, а вот наши опростоволосились. Не сумели столбовому крамолу подкинуть.

— А и не надо теперь... — Батя зевает, показывая здоровые, крепкие зубы. — Его и без крамолы валить можно. Голый он. Токмо вот что: семью не калечить, понял?

— Понял, — киваю я, убираю Батю, включаю Посоху. — Слыхал?

— Слыхал! — облегченно щерится он. — Слава тебе, Господи...

— Господь тут ни при чем. Государя благодари.

— Слово и Дело!

— И не запаздывай, гулена.

— Да я уж тут.

Сворачиваю на Первый Успенский тракт. Здесь лес еще повыше нашего: старые, вековые ели. Много они повидали на своем веку. Помнят они, помнят Смуту Красную, помнят Смуту Белую, помнят Смуту Серую, помнят и Возрождение Руси. Помнят и Преображение. Мы в прах распадемся, в миры иные отлетим, а славные ели подмосковные будут стоять да ветвями величавыми покачивать...

М-да, вон оно как со столбовыми оборачивается! Теперь уже и крамолы не надобно. На прошлой неделе так с Прозоровским вышло, теперь с этим... Круто Государь наш за столбовых взялся. Ну и правильно. Снявши голову, по волосам не плачут. Взялся за гуж — не говори, что не дюж. А коли замахнулся — руби!

Вижу двоих наших впереди на красных «меринах». Догоняю, сбавляю скорость. Едем цугом. Сворачиваем. Едем еще немного и упираемся в ворота усадьбы столбового Ивана Ивановича Куницына. У ворот восемь наших машин. Посоха здесь, Хруль, Сиволай, Погода, Охлоп, Зябель, Нагул и Крепло. Батя *коренных* на дело послал. Правильно, Батя. Куницын — крепкий орех. Чтобы его расколоть, сноровка требуется.

Паркуюсь, выхожу из машины, открываю багажник, достаю свою дубину тесовую. Подхожу к нашим. Стоят, ждут команды. Бати нет, значит, я за старшего. Здороваемся по-деловому. Гляжу на забор: по периметру в ельнике — стрельцы из Тайного приказа, нам на подмогу. Обложена усадьба со всех сторон еще с ночи по приказу Государеву. Чтобы мышь зловредная не пробежала, чтобы комар злокозненный не пролетел.

Но крепки ворота у столбового. Поярок звонит в калитку, повторяет:

— Иван Иваныч, открывай. Открывай подобру-поздорову!

— Без думских дьяков не войдете, душегубы! — раздается в динамике.

— Хуже будет, Иван Иваныч!

— Хуже мне уже не будет, пес!

Что верно — то верно. Хуже только в Тайном приказе. Но туда Ивану Ивановичу уж и не надобно. Обойдемся сами. Ждут наши. Пора!

Подхожу к воротам. Замирают опричники. Бью по воротам дубиной первый раз:

— Горе дому сему!

Бью второй раз:

— Горе дому сему!

Бью в третий раз:

— Горе дому сему!

И зашевелилась опричнина:

— Слово и Дело! Гойда!

— Гойда! Слово и Дело!

— Слово и Дело!

— Гойда! Гойда! Гойда!

Хлопаю Поярка по плечу:

— Верши!

Засуетился Поярок с Сиволаем, прилепили шутиху на ворота. Отошли все, заложили уши. Грохнуло, от ворот дубовых — щепа вокруг. Мы с дубинами — в пролом. А там охрана столбового — со своим дрекольем. Огнестрельным оружием запрещено отбиваться, а то стрельцы из лучестрелов своих хладноогненных всех положат. А по Думскому закону — с дрекольем из челяди кто выстоит супротив *наезда*, тому опалы не будет.

Врываемся. Усадьба богатая у Ивана Ивановича, двор просторный. Есть где помахаться. Ждет нас куча охраны да челяди с дрекольем. С ними три пса цепных, рвутся на нас. Биться с такой оравою — тяжкое дело. Договариваться придется. Надобно хитрым напуском дело государственное вершить. Поднимаю руку:

— Слушай сюда! Вашему хозяину все одно не жить!

— Знаем! — кричит охрана. — От вас все одно отбиваться придется!

— Погоди! Давай поединщиков выберем! Ваш осилит — уйдете без ущерба со своим добром! Наш осилит — все ваше нам достанется!

Задумалась охрана. А Сиволай им:

— Соглашайтесь, пока мы добрые! Все одно вас вышибем, когда подмога подъедет! Супротив опричнины никому не выстоять!

Посоветовались те, кричат:

— Ладно! На чем биться будем?

— На кулаках! — отвечаю.

Выходит от них поединщик: здоровенный скотник, морда тыквой. Скидывает тулуп, натягивает рукавицы, сопли утирает. Но мы к такому повороту готовы — Погода Сиволаю на руки кафтан свой черный сбрасывает, шапку с куньей оторочкой стряхивает, куртку парчовую скидывает, поводит плечом молодецким, шелком алым обтянутым, мне подмигивает, выступает вперед. Супротив Погоды в кулачном деле даже Масло — подросток. Невысок Погода, но широк в плечах, крепок в кости, ухватист да оборотист. Попасть в его харю гладкую трудно. А вот от него в *мясо* схлопотать — проще простого.

Озорно глядит Погода на соперника, с прищуром, поигрывает пояском шелковым:

— Ну что, сиволапый, готов битым быть?

— Не хвались, опричник, на рать идучи!

Погода и скотник ходят кругами, примериваются. И одеты они по-разному, и в положениях разных, и господам разным служат, а коль приглядеться — из одного русского теста слеплены. Русские люди, решительные.

Встаем кругом, смыкаемся с челядью. На кулачном поприще это в норме. Здесь все равны —

и смерд и столбовой, и опричник и приказной. Кулак — сам себе государь.

Посмеивается Погода, подмигивает скотнику, поигрывает плечами молодецкими. И не выдерживает мужик, кидается с замахом кулака пудового. Приседает Погода, а сам скотника — под ложечку коротким тычком. Икнул тот, но выдюжил. Погода снова вокруг танцует, плечами, как девка срамная, покачивает, подмигивает, язык розовый показывает. Скотник танцы не уважает, крякает да опять размахивается. Но Погода упреждает — слева в скулу, справа по ребрам — хлесть! хлесть! Аж ребра треснули. А от кулака пудового снова увернулся. Взревел скотник медведем, замахал кулачищами, рукавицы теряя. Да все без толку: снова под ложечку да и по сопатке — хрясь! Оступается детина, как медведь-шатун. Сцепил руки замком, ревет, рассекает воздух морозный. Да все без толку: хлоп! хлоп! хлоп! Быстрые кулаки у Погоды: вот уж и морда у скотника в крови, и глаз подбит, и нос красную юшку пустил. Летят алые капли, рубинами сверкают на зимнем солнце, падают на снег утоптанный.

Мрачнеет челядь. Перемигиваются наши. Шатается скотник, хлюпает носом разбитым, плюется зубным крошевом. Еще удар, еще. Пятится детина назад, отмахивается, как мишка от пчел. А Погода не отстает: еще! еще! Точно и крепко бьет опричник. Свистят наши, улюлюкают. Удар последний, зубодробительный. Падает скотник навзничь. Встает ему Погода сапожком фасонистым на грудь, нож из ножен вытягивает да и по морде с размаху — чирк! Вот так. Для науки. По-другому *теперь* нельзя.

На крови — все как по маслу пройдет.

Стухла челядь. Сиволапый за морду резаную схватился, сквозь пальцы кровушка пробрызгивает.

Убирает нож Погода, сплевывает на поверженного, подмигивает челяди:

— Тю! А морда-то в крови!

Это — слова *известные*. Их завсегда наши говорят. *Сложилось* так.

Теперь пора точку ставить. Поднимаю дубину:

— На колени, сиволапые!

В такие мгновенья все сразу видно. Ой, как видно хорошо человека русского! Лица, лица оторопевшей челяди. Простые русские лица. Люблю я смотреть на них в такие мгновенья, в *момент истины*. Сейчас они — зеркало. В котором отражаемся мы. И солнышко зимнее.

Слава Богу, не замутилось зеркало сие, не потемнело от времени.

Падает челядь на колени.

Наши расслабились, зашевелились. И сразу — звонок Бати: следит из своего терема в Москве:

— Молодцом!

— Служим России, Батя! Что с домом?

— На слом.

На слом? Вот это внове... Обычно усадьбу *давленую* берегли для своих. И прежняя челядь оставалась под новым хозяином. Как у меня. Переглядываемся. Батя белозубо усмехается:

— Чего задумались? Приказ: чистое место.

— Сделаем, Батя!

Ага. Чистое место. Это значит — *красный петух*. Давненько такого не было. Но — приказ есть приказ. Его не обсуждают. Командую челяди:

— Каждый по мешку барахла может взять! Две минуты даем!

Те уже поняли, что дом пропал. Подхватились, побежали, рассыпались по своим закутам, хватать нажитое да заодно — что под руку подвернется. А наши на дом поглядывают: решетки, двери кованые, стены красного кирпича. Основательность во всем. Хорошая кладка, ровная. Шторы на окнах задернуты, да неплотно: поглядывают в щели быстрые глаза. Тепло домашнее там, за решетками, прощальное тепло, затаившееся, трепещущее смертельным трепетом. Ох, и сладко проникать в сей уют, сладко выковыривать оттудова тот трепет прощальный!

Челядь набрала по мешку барахла. Бредут покорно, как калики перехожие. Пропускаем их к воротам. А там, у пролома, стрельцы с лучестрелами дежурят. Покидает челядь усадьбу, оглядывается. Оглянитесь, сиволапые, нам не жалко. Теперь —

наш час. Обступаем дом, стучим дубинами по решеткам, по стенам:

— Гойда!

— Гойда!

— Гойда!

Потом обходим его трижды по солнцевороту:

— Горе дому сему!

— Горе дому сему!

— Горе дому сему!

Прилепляет Поярок шутиху к двери кованой. Отходим, уши рукавицами прикрываем. Рванула шутиха — и нет двери. Но за первой дверью — другая, деревянная. Достает Сиволай резак лучевой. Взвизгнуло пламя синее, яростное, уперлось в дверь тонкой спицею — и рухнула прорезь в двери.

Входим внутрь. Спокойно входим. Теперь уже спешка ни к чему.

Тихо внутри, покойно. Хороший дом у столбового, уютный. В гостиной все на китайский манер — лежанки, ковры, столики низкие, вазы в человечий рост, свитки, драконы на шелке и из нефрита зеленого. Пузыри новостные тоже китайские, гнутые, черным деревом отороченные. Восточными ароматами пованивает. Мода, ничего не поделаешь. Поднимаемся наверх по лестнице широкой, ковром китайским устланной. Здесь родные запахи — маслом лампадным тянет, деревом кондовым, книгами старыми, валерьяной. Хоромы справные, рубленые, конопаченные. С рушниками, киотами, сундуками, комодами, самоварами да печами изразцовыми. Разбредаемся по комнатам. Никого. Неужели сбежал, гнида? Ходим, под кровати дубины суем, ворошим белье, шкапы платяные сокрушаем. Нет нигде хозяина.

— Не в трубу же он улетел? — бормочет Посоха.

— Никак ход тайный в доме имеется, — шарит Крепло дубиной в комоде.

— Забор обложен стрельцами, куда он денется?! — возражаю я им.

Подымаемся в мансарду. Здесь — зимний сад, каменья, стенка водяная, тренажеры, обсерватория. Теперь у всех обсерватории... Вот чего я понять никак не могу: астрономия с астрологией, конечно, науки великие, но при чем здесь телескоп? Это же не книга гадальная! Спрос на телескопы в Белокаменной просто умопомрачительный, в голове не укладывающийся. Даже Батя себе в усадьбе телескоп поставил. Правда, смотреть ему в него некогда.

Посоха словно мысли мои читает:

— Спотворились столбовые да менялы на звезды пялиться. Чего они там разглядеть хотят? Смерть свою?

— Может, Бога? — усмехается Хруль, стукая дубиной по пальме.

— Не богохульствуй! — одергивает его голос Бати.

— Прости, Батя, — крестится Хруль, — бес попутал…

— Что вы по старинке ищете, анохи! — не унимается Батя. — Включайте «ищейку»!

Включаем «ищейку». Пищит, на первый этаж показывает. Спускаемся. «Ищейка» подводит нас к двум китайским вазам. Большие вазы, напольные, выше меня. Переглядываемся. Подмигиваем друг другу. Киваю я Хрулю да Сиволаю. Размахиваются они и — дубинами по вазам! Разлетается фарфор тонкий, словно скорлупа яиц огромадных, драконьих. А из яиц тех, словно Касторы да Поллуксы, — дети столбового! Рассыпались по ковру горохом — и в рев. Трое, четверо… шестеро. Все белобрысые, погодки, один одного меньше.

— Вот оно что! — хохочет Батя невидимый. — Ишь чего удумал, вор!

— Совсем от страха спятил! — щерится Сиволай на детей.

Нехорошо он щерится. Ну да мы детишек не трогаем… Нет, ежели приказ *придавить потрох* — тогда конечно. А так — нам лишней кровушки не надобно.

Ловят наши детишек визжащих, как куропаток, уносят под мышками. Там, снаружи, уж из приюта сиротского подкатил хромой целовальник Аверьян Трофимыч на своем автобусе желтом. Пристроит он малышню, не даст пропасть, вырастит честными гражданами великой страны.

На крики детские, как на блесну, жены столбовых ловятся: не выдержала супружница Куницына, завыла в укрывище своем. Сердце бабье — не камень. Идем на крик — на кухню путь ведет. Неспешно входим. Осматриваемся. Хороша кухня у Ивана Ивановича. Просторна и по уму обустроена. Тут тебе и столы разделочные, и плиты, и полки стальные да стеклянные с посудой да приправами, и печи замысловатые с лучами горячими да холодными, и хай-тек заморский, и вытяжки заковыристые, и холодильники прозрачные да с подсветкою, и ножи на всякий лад, а посередке — печь русская, широкая, белая. Молодец Иван Иванович. Какая трапеза православная без щей да каши из печи русской? Разве в духовке заморской пироги спекутся, как в печи нашей? Разве молоко так стомится? А хлеб-батюшка? Русский хлеб в русской печи печь надобно — это вам последний нищий скажет.

Зев печной заслонкой медной прикрыт. Стучит Поярок в заслонку пальцем согнутым:

— Серый волк пришел, пирожков принес. Тук-тук, кто в печке прячется?

А из-за заслонки — вой бабий да ругань мужская. Серчает Иван Иванович на жену, что выдала криком. Понятное дело, а то как же. Чувствительны бабы сердцем, за то их и любим.

Снимает Поярок заслонку, берут наши ухваты печные, кочергу да ими из печи на свет Божий и вытягивают столбового с супругою. Обоя в саже поизмазались, упираются. Столбовому сразу руки вяжем, в рот — кляп. И под локти — на двор. А жену... с женой по-веселому обойтись придется. *Положено* так. Притягивают ее веревками к столу разделочному, мясному. Хороша жена у Ивана Ивановича: стройна телом, лепа лицом, сисяста, жопаста, порывиста. Но сперва — столбовой. Все валим из дому на двор. Там уж ждут-стоят Зябель и Крепло с метлами, а Нагул с веревкой намыленной. Волокут опричники столбового за ноги от крыльца до ворот в последний путь. Зябель с Креплом за ним метлами след заметают, чтоб следов супротивника делу Государеву в России не осталось. На ворота уж Нагул влез, ловко веревку пристраивает, не впервой врагов России вешать. Встаем все под ворота, поднимаем столбового на руках своих:

— Слово и Дело!

Миг — и закачался Иван Иванович в петле, задергался, захрипел, засопел, запердел прощальным пропердом. Снимаем шапки, крестимся. Надеваем. Ждем, покуда из столбового дух изыдет.

Треть дела сделана. Теперь — жена. Возвращаемся в дом.

— Не до смерти! — как всегда, предупреждает голос Бати.

— Ясное дело, Батя!

И дело это — страстное, нам очень нужное. От него силы на одоление врагов государства Российского прибавляется. И в деле этом *сочном* своя обстоятельность требуется. По старшинству надобно начинать и *кончать*. А стало быть — я первый. Бьется вдовица уже покойного Ивана Ивановича на столе, кричит да стонет. Срываю с нее платье, срываю исподнее кружевное, затейливое. Заламывают Поярок с Сиволаем ей ноги белые, гладкие, холеные, держат на весу. Люблю я ноги у баб, особливо ляжки да пальцы. У жены Ивана Ивановича ляжки бледные, с прохладцей, а пальчики на ногах нежные, складные, с ноготками холеными, розовым лаком покрытыми. Дергаются бессильные ноги ее в сильных руках опричных, а пальчики от напряжения и страху дрожат мелкой дрожью, топорщатся. Знают Поярок с Сиволаем слабости мои — вот и задрожала ступня женская нежная у моего рта, и забираю я в губы дрожащие пальчики, а сам запускаю в лоно ее лысого *хоря* своего.

Сладко!

Как живой розовый поросеночек на вертеле раскаленном, вздрагивает и взвизгивает вдовица. Впиваюсь я зубами в ступню ее. Визжит она и бьется на столе. А я обстоятельно и неуклонно *сочное* дело вершу.

— Гойда! Гойда! — бормочут опричники, отворачиваясь.

Важное дело.

Нужное дело.

Хорошее дело.

Без этого дела *наезд* — все одно что конь без наездника... без узды... конь белый, конь... красивый... умный... завороженный... конь... нежный конь-огонь... сладкий... сахарный конек без наездника... и без узды... бес узды... с бесом белым... с бесом сладким... с бесом сахарной узды... с бесом сахарной узды... с бесом сахарной узды... с бесом сахарной узды... далако ли до пя-а-а-а-а-ааааааазды-ы-ы-ы-ы-ы-ы-ы-ы!

Сладко оставлять семя свое в лоне жены врага государства.

Слаще, чем рубить головы самим врагам.

Вываливаются нежные пальчики вдовицы у меня изо рта.

Цветные радуги плывут перед глазами.

Уступаю место Посохе. Уд его со вшитым речным жемчугом палице Ильи Муромца подобен.

Оха-ха... жарко натоплено у столбового. Выхожу из дома на крыльцо, сажусь на лавку. Детишек уж увезли. От скотника побитого-подрезанного на снегу только кровавые брызги остались. Стрельцы топчутся вокруг ворот с повешенным, разглядывают. Достаю пачку «Родины», закуриваю. Борюсь я с этой привычкой дурной, басурманской. Хоть и сократил число сигарет до семи в сутки, а бросить окончательно — силы нет. Отец Паисий отмаливал, велел покаянный канон читать. Не помогло... Стелется дымок по ветерку морозному. Солнце все так же сияет, со снегом перемигивается.

Люблю зиму. Мороз голову прочищает, кровь бодрит. Зимой в России дела государственные быстрей вершатся, спорятся.

Выходит Посоха на крыльцо: губищи раскатаны, чуть слюна не капает, глаза осовелые, уд свой багровый, натруженный никак в ширинку не заправит. Стоит раскорякой, оправляется. Из-под кафтана книжка вываливается. Поднимаю. Открываю — «Заветные сказки». Читаю зачин вступительный:

> В те стародавние времена
> на Руси Святой ножей не было,
> посему мужики говядину хуями разрубали.

А книжонка — зачитана до дыр, замусолена, чуть сало со страниц не капает.

— Что ж ты читаешь, охальник? — шлепаю Посоху книгой по лбу. — Батя увидит — из опричнины турнет тебя!

— Прости, Комяга, бес попутал, — бормочет Посоха.

— По ножу ходишь, дура! Это ж похабень крамольная. За такие книжки Печатный приказ чистили. Ты там ее подцепил?

— Меня в ту пору в опричнине еще не было. У воеводы того самого в доме и притырил. Нечистый в бок толкнул.

— Пойми, дурак, мы же охранная стая. Должны ум держать в холоде, а сердце в чистоте.

— Понимаю, понимаю… — Посоха скучающе чешет под шапкой свои чернявые волосы.

— Государь ведь слов бранных не терпит.

— Знаю.

— А знаешь — сожги книгу похабную.

— Сожгу, Комяга, вот те крест… — Он размашисто крестится, пряча книжку.

Выходят Нагул и Охлоп. Покуда дверь за ними затворяется, слышу стоны вдовы столбового.

— Хороша стервь! — Охлоп сплевывает, заламывает на затылок мурмолку.

— Не укатают ее до смерти? — спрашиваю, гася окурок о скамью.

— Не, не должны… — Широколицый улыбчивый Нагул сморкается в кем-то любовно расшитый белый платок.

Вскоре появляется Зябель. После *круговухи* он всегда взволнован и многословен. Зябель, как и я, с высшим образованием, университетский.

— Все-таки как славно сокрушать врагов России! — бормочет он, доставая пачку «Родины» без фильтра. — Чингисхан говорил, что самое большое удовольствие на свете — побеждать врагов, разорять их имущество, ездить на их лошадях и любить их жен. Мудрый был человек!

В пачку «Родины» лезут пальцы Нагула, Охлопа и Зябеля. Достаю свое огниво фасонное, холодного огня, даю им прикурить:

— Что-то вы все на чертово зелье подсели. Знаете, что табак навеки проклят на семи камнях святых?

— Знаем, Комяга, — усмехается Нагул, затягиваясь.

— Сатане кадите, опричники. Дьявол научил людей курить табак, дабы люди воскурения делали ему. Каждая сигарета — фимиам во славу нечистого.

— А мне один расстрига говорил: кто курит табачок, тот Христов мужичок, — возражает Охлоп.

— А у нас в полку сотник повторял всегда: «Копченое мясо дольше хранится», — вздыхает Посоха и тоже берет сигарету.

— Дураки вы стоеросовые! Государь наш не курит, — говорю им. — Батя тоже бросил. Надо и нам чистоту легких блюсти. И уст.

Молча курят, слушая.

Дверь отворяется, вываливаются остальные с женой столбового. Выносят ее голую, бесчувственную в тулупе овчинном. Нашим бабу укатать — дело своеобычное.

— Жива?

— От этого редко помирают! — улыбается Погода. — Это ж не дыба!

Беру ее руку безвольную. Пульс есть.

— Так, бабу — родне подкинуть.

— Знамо дело.

Уносят ее. Пора и точку ставить. Поглядывают опричники на дом: богат, добром полон. Но коли усадьба *на слом* по Государеву указу списывается, грабить нельзя. Закон. Все добро — Государеву *красному петуху* достанется.

Киваю Зябелю, он у нас по огненным делам:

— Верши!

Достает он из кобуры свой «Реброфф», насаживает на ствол насадку в форме бутылки. Отходим от дома. Целится Зябель в окно, стреляет. Звякнуло окошко. Еще подале отходим от дома. Встаем полукругом, вынимаем кинжалы из ножен, поднимаем вверх, опускаем, на дом врага нацеливвшись:

— Горе дому сему!

— Горе дому сему!

— Горе дому сему!

Взрыв. Пламя густое, клубящееся — из окон. Летят осколки, рамы да решетки, падают на снег. Занялась усадьба. Вот и пришел к ней в гости Государев *красный петух*.

— Молодца! — Батино лицо возникает в морозном воздухе в рамке радужной. — Стрельцов отпустить, а самим — на молебен в Успенский!

Конец — делу венец. Сделал дело — молись смело.

Выходим за ворота, уклоняясь от повешенного. А за воротами стрельцы вестников отпихивают. Стоят те со своими аппаратами, рвутся пожар снимать. Теперь уже можно. С Новостным приказом у нас теперь, после достопамятного ноября, лады. Машу сотнику рукой. Целятся аппараты на пожар, на повешенного. В каждом доме, в каждом пузыре вестевом знают и видят люди православные силу Государя и государства. Понимают Слово и Дело.

Как говорил Государь наш:

«Закон и порядок — вот на чем стоит и стоять будет Святая Русь, возрожденная из Серого пепла».

Святая правда!

В Успенском соборе, как всегда, темно, тепло и торжественно. Горят свечи, блестят золотые оклады икон, дымится кадило в руке узкоплечего отца Ювеналия, звучит тонкий голос его, басит чернобородый толстый дьякон у клироса. Стоим мы тесными рядами — вся московская опричнина. Тут и Батя, и Ероха, правая рука его, и Мосол, рука левая. И коренные все, меня включая. И костяк основной. И молодежь. Только Государя нет. Обычно по понедельникам оказывает он нам милость — приходит помолиться с нами вместе. Но сегодня — нет солнца нашего. Весь Государь в делах государственных. Или — в церкви Ризположения, храме своем домашнем, молится за Святую Русь. Государева воля — закон и загадка. И слава Богу.

Обычный день сегодня, понедельник. И служба обычная. Прошло Крещение, поездили на санях по

Москва-реке, опускали крест в прорубь-ердань под беседкою серебряной, еловыми лапами увитой, крестили младенцев, сами окунались в ледяную воду, палили из пушек, кланялись Государю и Государыне, пировали в Грановитой со свитой кремлевской и Кругом Внутренним. Теперь до Сретения — никаких праздников, сплошные будни. Дела надобно делать.

«Да воскреснет Бог и расточатся врази его...» — читает отец Ювеналий.

Крестимся мы и кланяемся. Молюсь любимой иконе своей — Спасу Ярое Око, трепещу под неистовыми очами Спасителя нашего. Грозен Спаситель, непреклонен в Суде своем. От его очей суровых сил на борьбу набираюсь, дух свой укрепляю, характер воспитываю. Ненависть к врагам накапливаю. Ум-разум оттачиваю.

И да рассеются врази Бога и Государя нашего.

«Победы на супротивныя даруй...»

Супротивных много, это верно. Как только восстала Россия из пепла Серого, как только осознала себя, как только шестнадцать лет назад заложил Государев батюшка Николай Платонович первый камень в фундамент Западной стены, как только стали мы отгораживаться от чуждого извне, от бесовского изнутри — так и полезли супротивные из всех щелей, аки сколопендрие зловредное. Истинно — великая идея порождает и великое сопротивление ей. Всегда были враги у государства нашего, внешние и внутренние, но никогда так яростно не обострялась борьба с ними, как в период Возрождения Святой Руси. Не одна голова скатывалась на Лобном месте за эти шестнадцать лет, не один поезд увозил за Урал супостатов и семьи их, не один *красный петух* кукарекал на заре в столбовых усадьбах, не один воевода пердел на дыбе в Тайном приказе, не одно подметное письмо упало в ящик Слова и Дела на Лубянке, не одному меняле набивали рот преступно нажитыми ассигнациями, не один дьяк искупался в крутом кипятке, не одного посланника иноземного выпроваживали на трех желтых позорных «меринах» из Москвы, не одного вестника спустили с башни Останкинской с крыльями утиными в жопе, не одного смутьяна-борзописца утопили в Москва-реке, не одна вдовица столбовая была подброшена родителям в тулупе овчинном нагою-бесчувственной...

Каждый раз, стоя в Успенском со свечкою в руке, думаю я думу тайную, крамольную об одном: а если б не было нас? Справился бы Государь сам? Хватило бы ему стрельцов, да Тайного приказа, да полка Кремлевского?

И шепчу себе сам, тихо, под пение хора:

— Нет.

Трапеза сегодня будничная, в Белой палате.

Сидим за столами длинными, дубовыми, непокрытыми. Подают слуги квас сухарный, щи суточные, хлеб ржаной, говядину разварную с луком да кашу гречневую. Едим, о планах негромко переговариваемся. Покачиваются колокольцы наши беззвучные. У каждого *крыла* опричного планы свои: кто в Тайном приказе сегодня занят, кто в Умном, кто в Посольском, кто в Торговом. У меня нынче три дела.

Первое — с шутами-скоморохами разобраться, утвердить новый номер концерта праздничного.

Второе — погасить *звезду*.

Третье — слетать к ясновидящей Прасковье Тобольской *с поручением*.

Сижу на своем месте, четвертым от Бати справа. Почетное место, нажитое. Ближе меня к нему справа токмо Шелет, Самося да Ероха. Крепок, осанист Батя, моложав лицом, хоть и седой совсем. Когда трапезничает — смотреть приятно: неторопливо ест, обстоятельно. Батя — фундамент наш, корень главный, дубовый, на котором вся опричнина держится. Ему Государь первому доверил Дело. На него во времена сложные, для России судьбоносные, оперлась пята Государева. Первым звеном в опричной цепи железной стал Батя. А за него и другие звенья уцепились, спаялись, срослись в опричное Кольцо Великое, шипами острыми вовне направленное. Этим Кольцом и стянул Государь больную, гнилую и разваливающуюся страну, стянул, словно медведя раненого, кровью-сукровицей исходящего. И окреп медведь костью и мясами, залечил раны, накопил жира, отрастил когти. Спустили мы ему кровь гнилую, врагами отравленную. Теперь рык медведя русского на весь мир слышен. Не токмо Китай с Европой, но и за океаном к рыку нашему прислушиваются.

Вижу — мигает красным мобило у Бати. За трапезой запрещены разговоры опосредованные. Мобилы все отключаем. Красный сигнал — Государево дело. Подносит Батя мобило свое червонного золота к уху, звякает оно о колоколец:

— Слушаю, Государь.

Смолкли враз все в трапезной. Токмо голос Бати:

— Да, Государь. Понял. Сию минуту будем, Государь.

Встает Батя, обводит нас быстрым взглядом:

— Вогул, Комяга, Тягло, со мной.

Ага. По голосу Бати чую — стряслось что-то. Встаем, крестимся, выходим из трапезной. По выбору Бати понимаю — *умное* дело предстоит. У всех выбранных — университетское образование. Вогул в Свято-Петрограде учился казначейскому делу, Тягло — в Нижнем Новгороде по книжному производству подвизался, а я в опричнину ушел с третьей ступени исторического отделения Московского государственного университета имени Михайла Ломоносова. Да и не ушел… В опричнину не уходят. Ее не выбирают. Она тебя выбирает. Или, точнее, как говорит сам Батя, когда подопьет-понюхает: «В опричнину вносит, как волной». Ох как вносит! Так внесет, что голова закружится, кровушка в жилах закипит, в очах сполохи красные замелькают. Но и вынести может волна та. Вынесет в одночасье, *бесповоротно*. Вот это — хуже смерти. Из опричнины выпасть — все одно что обе ноги потерять. Всю жизнь потом не ходить, а ползать придется…

На двор выходим. От Белой палаты до Красных Государевых хором — рукой подать. Но сворачивает Батя к нашим «меринам». Значит — не в Кремле толковать будем. Рассаживаемся по машинам. Батин «мерин» знатный — широк, глазаст, приземист, стекло в три пальца толщиною. Китайскими мастерами сделан добротно, что у них называется тэцзодэ — исполненный по спецзаказу. На бампере голова овчарки, на багажнике метла стальная. Выруливает Батя к Спасским воротам. Пристраиваемся за ним. Выезжаем из ворот через кордон стрелецкий. Едем по Красной площади. Сегодня торговый день, лотошники почти всю площадь заняли. Зазывалы кричат, сбитенщики посвистывают, калашники басят, китайцы поют. Погода солнечная, морозная, снежка за ночь подвалило. Весело на главной площади страны нашей, музыкально. Мальчиком видал я совсем другую Красную площадь — суровую, строгую, пугающую, с гранитной орясиной, в которой лежал труп учинителя Красной Смуты. А рядом тогда лепилось кладбище приспешников его. Мрачная картина. Но Государев батюшка орясину гранитную снес, труп смутьяна косоглазого в землю закопал, кладбище ликвидировал. Затем стены кремлевские побелить приказал. И стала главная площадь страны по-настоящему Красной, красивой. И слава Богу.

Выруливаем к гостинице «Москва», едем по Моховой мимо «Национальной», мимо театров Большого и Малого, мимо «Метрополии», выезжаем на Лубянскую площадь. Так и думал, что в Тайном приказе разговор пойдет. Едем по площади вокруг памятника Малюте Скуратову. Стоит родоначальник наш бронзовый, снегом припорошенный, сутулый, невысокий, кряжистый, длиннорукий, смотрит пристально из-под нависших бровей. Из глубины веков смотрит на нашу Москву недреманным оком Государевым, смотрит на нас, наследников опричного Дела Великого. Смотрит и молчит.

Подруливаем к левым вратам, сигналит Батя. Отворяют врата, въезжаем во внутренний двор Приказа, приторачиваемся, вылезаем из «меринов». И входим в Тайный приказ. Каждый раз, когда вхожу под своды его, серым мрамором обделанные, с факелами да крестами строгими, сердце *перебой* делает и стучит уже по-другому. Другим стуком, особым. Стуком Тайных Дел государственных.

Встречает нас сотник бравый, подтянутый, в мундире голубом, честь отдает. Сопровождает к лифтам, везет на самый верхний этаж. В кабинет начальника Тайного приказа, князя и близкого друга Государева Терентия Богдановича Бутурлина. Входим в кабинет — первым Батя, потом мы. Встречает нас Бутурлин. Батя с ним за руку здоровается, мы — в пояс кланяемся. Серьезно лицо у Бутурлина. Приглашает он Батю, усаживает, сам напротив садится. Встаем мы за спиной у Бати. Грозное лицо у начальника Тайного приказа. Не любит шутить Терентий Богданович. Зато любит блюсти сложное и ответственное Дело, заговоры раскрывать, шпионов-предателей излавливать, крамолу изводить. Сидит он молча, на нас поглядывая, четки костяные перебирая. Потом произносит слово:

— Пасквиль.

Молчит Батя, выжидает. Замерли и мы не дыша. Смотрит Бутурлин на нас испытующе, добавляет:

— На Государеву семью.

Заворочался Батя в кресле кожаном, нахмурил брови, захрустел пальцами крепкими. Мы за ним стоим как вкопанные. Дает команду Бутурлин, опускаются шторы на окнах кабинета. Полумрак наступает. Снова дает команду начальник Приказа Тайного. И в полумраке возникают-повисают слова, из Сети Русской вытянутые. Горят, переливаются в темноте:

Доброжелательный аноним

ОБОРОТЕНЬ НА ПОЖАРЕ

Ищут пожарные,
Ищет полиция,
Ищут священники
В нашей столице,
Ищут давно,
Но не могут найти
Графа какого-то
Лет тридцати.
Среднего роста,
Задумчиво-мрачный,
Плотно обтянут
Он парою фрачной.
В перстне
Брильянтовый еж у него.
Больше не знают
О нем ничего.

Многие графы
Задумчиво-мрачны,
Стильно обтянуты
Парою фрачной,

Любят брильянтов
Заманчивый дым —
Сладкая жизнь
Уготована им!

Кто же,
Откуда
И что он за птица —
Граф тот,
Которого
Ищет столица?
Что натворил
Этот аристократ?
Вот что в салонах
О нем говорят.
Ехал
Однажды
«Роллс-ройс»
По Москве —
С графом угрюмым,
Подобным сове:
Хмуро он щурился, мрачно зевая,
Что-то из Вагнера
Напевая.

Вдруг граф увидел —
Напротив
В окне
Бьется маркиза
В дыму и огне.

Много столпилось
Зевак на панели.

Люди злорадно
На пламя смотрели:
Дом родовой
Был охвачен огнем —
Люди богатые
Жили ведь в нем!

Даром не тратя
Ни доли минуты,
Бросился граф
Из «роллс-ройса» уюта —
Мрачному быдлу
Наперерез —
И по трубе
Водосточной
Полез.

Третий этаж,
И четвертый,
И пятый…
Вот и последний,
Пожаром объятый.
Жалобный крик
Раздается и стон —
Пламя лизнуло
Изящный балкон.

Бледно-нагая,
В окне, как на сцене,
Бьется маркиза
В причудливой пене
Сизого дыма;
И сполох огня
Белую грудь
Озаряет ея.

Граф подтянулся
На дланях нехилых
И головою в стекло
Что есть силы
Грохнул с размаху.
Осколков разлет
Молча приветствовал
Нижний народ.

Снова удар —
Содрогается рама.
Граф переплет
Сокрушает упрямо,
Лезет в окно,
Разрывая свой фрак.
Шепчут зеваки:
– Безумец… дурак…

Вот и в окне
Он возник. Распрямился,
Обнял маркизу,
К манишке прижал.
Дым черно-серый
Над ними клубился,
Красный огонь
Языками дрожал.

Сдавлены пальцами
Женские груди,
К нежным губам
Граф со стоном припал.
Видела чернь,
Углядели и люди:
Фаллос чудовищный
В дыме восстал!

Видели люди,
Смотрящие снизу,
Как, содрогаясь,
Вошел он в маркизу,
Как задрожали,
Забились в окне
Граф и она,
Исчезая в огне!
С дымом мешается
Облако пыли —
Мчатся пожарные
Автомобили.
Пятится чернь,
«Фараоны» свистят,
Каски пожарных
На солнце блестят.

Миг — и рассыпались
Медные каски.
Лестницы тянутся ввысь.
Без опаски
Парни в тефлоне —
Один за другим —
Лезут по лестницам
В пламя и дым.

Пламя сменяется
Чадом угарным,
Гонит насос
Водяную струю.
Старый лакей
Подбегает к пожарным:
«Барыню, братцы, спасите мою!»

«Нет, — отвечают
Пожарные дружно,—
Барыня в доме
не обнаружена!
Все осмотрели мы,
Все обошли,
Вашей маркизы
Нигде не нашли!»

Плачет лакей,
Рвет обвислые баки,
Пялятся люди
На черный балкон…
Вдруг раздается
Визг старой собаки,
Переходящий
В мучительный стон.

Все обернулись —
«Роллс-ройс», отъезжая,
Пса раздавил.
А в кабине… мелькнул
Сумрачный профиль.
И тихо растаял.
Только
Брильянтовый ежик сверкнул!

Замерло быдло
На мокрой панели.
Люди «роллс-ройсу»
Вдогонку глядели —
Вдаль уезжал
Дорогой лимузин
С шелестом нежно
Хрустящих резин…

Ищут пожарные,
Ищет полиция,
Ищут священники
В нашей столице,
Ищут давно
И не могут найти
Графа какого-то
Лет тридцати.
Вы, господа, в Малахитовом зале
Этого оборотня не повстречали?

Гаснет последняя строка. Исчезает-растворяется крамольная поэма в темном воздухе. Подымаются шторы. Сидит молча Бутурлин. На Батю устремляет очи карие. Оглядывается Батя на нас. Ясно как день, в кого этот пасквиль метит. По глазам нашим видит Батя, что нет тут сомнений никаких: угрюмый граф этот с брильянтовым ежом в перстне — не кто иной, как граф Андрей Владимирович Урусов, зять Государев, профессор судейского права, действительный академик Российской академии наук, почетный председатель Умной палаты, председатель Всероссийского конного общества, председатель Общества содействия воздухоплаванию, председатель Общества русского кулачного боя, товарищ председателя Восточного казначейства, владелец Южного порта, владелец Измайловского и Донского рынков, владелец строительного товарищества «Московский подрядчик», владелец предприятия «Московский кирпич», совладелец

Западной железной дороги. А намек на Малахитовый зал тоже понятен: новое это помещение, под Кремлевским залом концертным отстроенное для отдыха Внутреннего Круга и приближенных. Новое, а поэтому — *модное*. Да и строительство зала Малахитового много крамольных вопросов вызывало. Были, были супротивники...

— Все ясно, опричники? — спрашивает Бутурлин.

— Ясно, князь, — отвечает Батя.

— Дело за малым: найти пасквилянта.

— Сыщем гниду, никуда не денется, — кивает Батя.

И, задумчиво теребя небольшую бороду свою, спрашивает:

— Государь знает?

— Знает, — раздается державный голос, и мы все склоняемся в низких поклонах, касаясь правой рукой паркета.

Лик Государя возникает в воздухе кабинета. Краем глаза замечаю золотую, переливающуюся рамку вокруг любимого узкого лица с темно-русой бородкой и тонкими усами. Распрямляемся. Государь смотрит на нас своими выразительными, пристальными, искренними и проницательными серо-голубыми глазами. Взгляд его неповторим. Его не спутаешь ни с каким другим. И за взгляд этот я готов не колеблясь отдать жизнь свою.

— Читал, читал, — произносит Государь. — Ловко написано.

— Государь, мы найдем пасквилянта, заверяю вас, — произносит Бутурлин.

— Не сомневаюсь. Хотя, признаться, Терентий Богданович, меня не это волнует.

— Что же вас волнует, Государь?

— Меня, дорогой мой, волнует — правда ли все то, что описано в поэме сей?

— Что именно, Государь?

— Все.

Задумывается Бутурлин:

— Государь, затрудняюсь ответить сразу. Позвольте глянуть сводку пожарной управы?

— Да не надобно никакой пожарной сводки, князь. — Прозрачные глаза Государя пронизывают Бутурлина. — Нужно свидетельство очевидца происшествия.

— Кого вы имеете в виду, Государь?

— Героя поэмы.

Умолкает Бутурлин, переглядывается с Батей. Желваками ходят широкие скулы Бати.

— Государь, мы не вправе допрашивать членов семьи вашей, — произносит Батя.

— Да я и не заставляю вас никого допрашивать. Я просто хочу знать — правда ли все то, что там написано?

Снова молчание наполняет кабинет. Только переливается красками радужными светлый образ Государев.

— Ну что ж вы приумолкли? — усмехается господин наш. — Без меня дело нейдет?

— Без вас, Государь, никакое дело не пойдет, — склоняет лысоватую голову опытный Бутурлин.

— Ладно, будь по-вашему, — вздыхает Государь. И громко произносит: — Андрей!

Секунд пятнадцать проходят, и справа от лика Государя в фиолетово-синей рамочке возникает небольшое изображение графа Урусова. По осунувшемуся, тяжелому лицу графа ясно, что читана уж им поэма сия, и читана не единожды.

— Здравствуйте, батюшка. — Граф склоняет свою большую, ушастую голову на короткой шее, с узким лбом и крупными чертами лица; каштановые волосы на его макушке редки.

— Здравствуй, здравствуй, зятек. — Серо-голубые глаза смотрят невозмутимо. — Читал поэму про себя?

— Читал, батюшка.

— Неплохо написано, черт возьми? А мои академики талдычат — нет у нас хороших поэтов!

Молчит граф Урусов, поджав узкие губы. Рот у него, как у лягушки, широк больно.

— Скажи нам, Андрей, правда ли это?

Молчит граф, потупив взор, вдыхает, сопит и выдыхает осторожно:

— Правда, Государь.

Теперь и сам Государь задумался, нахмурил брови. Стоим все, ждем.

— Так, значит, ты и впрямь любишь еть на пожарах? — спрашивает Государь.

Кивает головой тяжелой граф:

— Правда, Государь.

— Вот оно что… Слухи до меня и раньше доходили, но я им не верил. Думал — клевещут твои завистники. А ты, значит, вот каков…

— Государь, я вам сейчас все объясню…

— Когда это у тебя началось?

— Государь, клянусь вам всеми святыми, клянусь могилой матери моей…

— Не клянись, — произносит Государь вдруг так, что у нас у всех волосы шевелятся.

И не крик это, и не скрежет зубовный, а действует — как щипцы каленые. Страшен гнев Государев. А еще страшнее, что никогда Государь наш голоса не повышает.

Граф Урусов не робкого десятка мужчина, муж государственный, воротила, миллионщик из миллионщиков, охотник заядлый, на медведя *принципиально* только с рогатиной ходит, но и тот пред голосом сим белеет, словно гимназист второй ступени перед директором.

— Рассказывай, когда ты впервые предался пороку сему.

Облизывает граф свои пересохшие губы лягушачьи:

— Государь, это… это началось совсем случайно… даже как-то вынужденно. Хотя, конечно, я виноват... только я... только я... это мой грех, мой, простите...

— Рассказывай по порядку.

— Я расскажу. Все расскажу, ничего не утаю. В семнадцатилетнем возрасте... шел я по Ордынке, увидел — дом горит, а в доме — кричит женщина. Пожарные еще не приехали. Люди меня подсадили, влез я в окно, чтобы помочь ей. И как она мне бросится на грудь... Не знаю, Государь, что со мной случилось... затмение какое-то нашло... да и женщина, скажем прямо, не красавица, среднего возраста... в общем... я... в общем...

— Ну?

— В общем, я овладел ею, Государь. Еле нас вытащили потом из огня. А после случая того сам не свой я сделался — только про то и вспоминал. А через месяц в Свято-Петроград поехал, иду по Литейному — квартира горит на третьем этаже. Тут меня ноги сами понесли — выломал дверь, откуда силы взялись — не знаю. А внутри там — мать с ребенком. Прижимает его к груди, вопит в окно. Ну я к ней сзади и пристроился... А потом через полгода в Самаре казначейство загорелось, а мы с батюшкой покойным на ярмарку приехали, и, стало быть...

— Довольно. Чей дом в последний раз горел?

— Княгини Бобринской.

— Почему этот рифмоплет называет русскую княгиню маркизой?

— Не ведаю, Государь... Вероятно, из ненависти к России.

— Ясно. Теперь скажи честно: ты этот дом нарочно поджег?

Замирает граф, словно змеей укушенный. Опускает рысьи глаза свои. Молчит.

— Я тебя спрашиваю — ты дом сей поджег?

Вздыхает тяжко граф:

— Врать не смею вам, Государь. Поджег.

Молчит Государь. Потом молвит:

— Пороку твоему я не судья — каждый из нас перед Богом за себя в ответе. А вот поджога я тебе не прощу. Пшел вон!

Исчезает лик Урусова. Остаемся мы вчетвером наедине с Государем. Печально чело его.

— М-да... — вздыхает Государь. — И эдакой скотине я доверил дочь свою.

Молчим мы.

— Вот что, князь, — продолжает Государь. — Дело это семейное. Я сам с ним разберусь.

— Как прикажете, Государь. А что с пасквилянтом делать?

— Поступайте по закону. Хотя... не надо. Это может возбудить нездоровое любопытство. Скажите ему просто, чтобы он впредь не писал ничего подобного.

— Слушаюсь, Государь.

— Спасибо всем за службу.

— Служим отечеству! — кланяемся мы.

Образ Государя исчезает. Мы облегченно переглядываемся. Бутурлин прохаживается по кабинету, качает головой:

— Мерзавец Урусов… Так осрамиться!

— Слава Богу, что не нам это расхлебывать, — оглаживает бороду Батя. — А кто все-таки автор?

— Сейчас узнаем. — Бутурлин подходит к столу, садится в рабочее кресло. Дает команду голосом: — Писателей ко мне!

Тут же в воздухе кабинета возникает 128 лиц писателей. Все они в строгих коричневых рамочках и расположены-выстроены аккуратным квадратом. Над квадратом сим парят трое укрупненных: седобородый председатель Писательской палаты Павел Олегов с неизменно страдальческим выражением одутловатого лица и два его еще более седых и угрюмо-озабоченных заместителя — Ананий Мемзер и Павло Басиня. И по скорбному выражению всех трех рыл понимаю, что непростой разговор ожидает их.

— Мы пойдем, Терентий Богданович, — Батя князю руку протягивает. — Писатели — ваша забота.

— Всего доброго, Борис Борисович, — подает Бутурлин Бате руку свою.

Кланяемся мы князю, выходим за Батей. Идем по коридору к лифту в сопровождении того же бравого сотника.

— Слушай, Комяга, а чего этот Олегов всегда с такой печальной харей? У него что — зубы болят? — спрашивает меня Батя.

— Душа у него болит, Батя. За Россию.

— Это хорошо... — кивает Батя. — А что он написал? Ты же знаешь, я далек от книг.

— «Русская печь и XXI век». Увесистая штука. Я до конца не осилил...

— Печь — это славно... — задумчиво вздыхает Батя. — Особливо когда в ней пироги с печенкой... Ты куда теперь?

— В Кремлевский.

— Ага! — кивает он. — Разберись, глянь. Там скоморохи что-то новое затеяли...

— Разберемся, Батя, — ответно киваю я.

Кремлевский зал концертный всегда у меня восторг вызывал. И когда двадцать шесть лет тому назад я здесь впервые с родителями моими упокойными оказался на «Лебедином озере», когда кушал блины с икрою красною в антракте, когда звонил из буфета по папиной мобиле другу Пашке, когда писал в просторном туалете, когда смотрел на загадочных балерин в пачках белоснежных, да и теперь, когда уж виски мои первой сединою тронуты-присыпаны.

Превосходный зал! Все в нем торжественно, все для праздников государственных обустроено, все правильно. Одно плохо — не всегда на сцене зала этого могучего правильные дела творятся. Просачивается крамола и сюда. Ну да на то и мы, чтобы за порядком следить да крамолу изводить.

Сидим в пустом зале. Справа от меня — постановщик. Слева — смотрящий из Тайного приказа. Спереди — князь Собакин из Внутреннего Круга. Сзади — столоначальник из Культурной палаты. Серьезные люди, государственные. Смотрим концерт праздничный, предстоящий. Мощно начинается он, раскатисто: песня о Государе сотрясает полутемный зал. Хорошо поет хор Кремлевский. Умеют у нас на Руси петь. Особенно если песня — от души.

Кончается песня, кланяются молодцы в расписных рубахах, кланяются девицы в сарафанах да кокошниках. Склоняются снопы пшеницы, радугой переливающиеся, склоняются ивы над рекою застывшей. Сияет солнце натуральное, аж глаза слепит. Хорошо. Одобряю. И все остальные одобряют. Доволен постановщик длинноволосый.

Следующая песнь — о России. Здесь тоже нет вопросов. Крепкая вещь, обкатанная. Далее — историческая постановка: времена Ивана III. Суровые, судьбоносные. Борьба идет нешуточная за целостность государства Российского, молодого, неокрепшего, токмо на ноги вставшего. Гремят громы на сцене, сверкают молнии, устремляются в пролом ратники войска Иванова, воздымает митрополит крест, огнем переливающийся, покоряют крамольный Новгород, единству России противящийся, падают на колени отступники земли Русской, но милостиво касается мечом повинных голов их великий князь Иван Васильевич:

— Я не ворог вам, не супротивник. Я опас вам, отец и заступник. Вам и всему царству Русскому великому.

Звенят колокола. Сияет радуга над Новгородом и над всею Русью. Поют птицы небесные. Кланяются и плачут от радости новгородцы.

Хорошо, правильно. Только ратников надобно поплечистей подобрать и митрополита порослее, поосанистей. И суеты много ненужной на заднем плане. И птицы слишком низко парят, внимание отвлекают. Соглашается постановщик с пожеланиями, делает пометки в блокноте.

Номер следующий — страница недавнего прошлого, смутного, печального. Площадь трех вокзалов в Москве, годы Белой Смуты проклятой. Стоят простые люди, вынесенные на площадь смутной волною из домов своих и понужденные торговать чем ни попадя, дабы заработать на кусок хлеба, преступными правителями у них отобранного. Помнит моя память детская, ранняя те *гнойные* времена. Времена Белого Гноя, отравившего нашего медведя русского… Стоят на площади люди российские с чайниками, сковородами, кофтами да мылом-шампунем в руках. Стоят беженцы и погорельцы, в Москву от горя нахлынувшие-поприехавшие. Стоят старики да инвалиды войны, ветераны да герои труда. Горько видеть толпу сию. Пасмурно, промозгло небо над нею. Печальная музыка звучит из ямы оркестровой. И — словно бледный луч надежды разрезал вдруг картину мрачную, затеплился в центре сцены: трое детей бездомных, миром отвергнутых. Две девочки в платьицах оборванных и мальчик чумазый с мишкой плюшевым на руках. Оживает робкая флейта надежды, звучит-просыпается, устремляется тонким гласом вверх. Всплывает над площадью мрачной, *гнойной* трогательная песня детская:

Слышу голос из прекрасного далёка —
Голос утренний, в серебряной росе.
Слышу голос, и манящая дорога
Кружит голову, как в детстве карусель.

Прекрасное далёко, не будь ко мне жестоко,
Не будь ко мне жестоко, жестоко не будь!
От чистого истока в прекрасное далёко,
В прекрасное далёко я начинаю путь.

Слышу голос из прекрасного далёка —
Он зовет меня в чудесные края.
Слышу голос, голос спрашивает строго:
А сегодня что для завтра сделал я?

Прекрасное далёко, не будь ко мне жестоко,
Не будь ко мне жестоко, жестоко не будь!
От чистого истока в прекрасное далёко,
В прекрасное далёко я начинаю путь…

Слезы наворачиваются. У меня, конечно, это *похмельное*. Но осанистый князь Собакин вполне естественно носом шмыгает. У него семья большая, внуков малых много. Крепыш-смотрящий из Тайного приказа сидит как статуя. Понятно — у них нервы железные, ко всему готовые. Полноватый столоначальник как-то поводит плечом зябко, видать, тоже со слезою борется. Взяло за живое людей матерых. Это славно…

Разбудил Государь в нас не только гордость за свою страну, но и сострадание к тяжкому прошлому ее. Стоят трое детей русских, тянут к нам руки из прошлого, из униженной и оскорбленной страны. И не можем мы ничем помочь им.

Утверждаем.

Далее — День Сегодняшний. Чаша полная, изобильная. Ансамбль имени Моисеева пляшет плясками всех народов великой России. Тут и татарский плавный танец, и казацкая лихая круговерть с шашками наголо, и тамбовская лубяная кадриль под тальянку, и нижегородский лыковый перепляс с трещотками-свистульками, и чеченская круговая с гиканьем-уханьем, и якутские бубны, и чукотские песцовые меха, и корякские олени, и калмыцкие бараны, и еврейские сюртуки, и — русская, русская, русская пляска до упаду, пляска лихая, задорная, всех объединяющая-примиряющая.

Нет вопросов к легендарному ансамблю.

Еще два номера: «Летающие балалайки» и «Девушка спешит на свидание». Ну, это уже классика — все отточено, выверено, обкатано. Не номера — загляденье. Смотришь — словно на санях с горки ледяной скатываешься. Смотрящий аплодирует. Мы тоже. Молодцы артисты Государевы!

Небольшой литературный номер: «Здравствуй, душа моя, Арина Родионовна!» Староват номерок, затянут слегка. Но народ его любит и Государь уважает. Вяло советует столоначальник Пушкина омолодить — уж лет двенадцать играет его один и тот же немолодой актер Хапенский. Но знаем — бесполезно. Актер — в фаворитах у Государыни. Пожимает плечами постановщик, разводит руками:

— Не в моей власти, господа, поймите…

Понимаем.

И вот дошли до главного. Новый номер на злобу дня: «Накось выкуси!»

Напряглись все в креслах, заворочались. Темно на сцене, только ветер воет да домбры с балалайками потренькивают. Выползает луна из облаков, освещает все неярким светом. Посередине сцены — Третья западная труба. Та самая, из-за которой последние полтора года столько шума-гама, столько хлопот да попечений. Тянется-ползет труба по сцене через леса-поля русские, поблескивает в полумраке, упирается в Западную стену, проходит сквозь вентиль-задвижку с надписью «Закрыто», ныряет в Стену и уходит дальше — на Запад.

Стоит на Стене наш стрелец-пограничник с автоматом лучевым, смотрит в бинокль в ихнюю сторону. Вдруг забеспокоились домбры с балалайками, загудели басы тревогой — возле задвижки из земли куча кротиная выпирает. Мгновенье — и из кучи той крот-диверсант в очках черных вылезает, осматривается, принюхивается, подпрыгивает, хватается за задвижку, впивается в нее изо всех сил, зубами огромными помогает — вот-вот повернет, пустит газ! Но — луч разящий сверкнул со стены, перерезал крота пополам. Вывалились-расползлись кишки кротиные, взвыл, испустил дух ворюга-диверсант. Вспыхивает свет, спрыгивают со Стены трое молодцов-удальцов-пограничников. Спрыгивают лихо, с переворотами, с посвистом молодецким. У одного в руках гармошка, у другого — бубен, у третьего — ложки деревянные. А за спинами — автоматы верные, меткие. Пляшут молодцы-пограничники да поют:

Мы задвижку перекрыли —
Как велел нам Государь.
Ну а недруги решили
Газ у нас сосать, как встарь.

Мы им «нет!» сказали разом,
Навострили зоркий глаз —
Насосался русским газом
Дармоед «Европа-газ».

Но неймется киберпанкам
Из озябшей стороны —
Разветвленья, как поганки,
Вырастают у Стены.

Все наглеют раз от раза…
Но учтите — можем мы
Вам поддать такого газу —
Задохнетесь сразу вы!

Открывает один пограничник задвижку, двое других подскакивают к торцу трубы, приставляют к ней зады свои и пердят. Грозно-завывающе проходит бздёх молодецкий по трубе, течет сквозь Стену, и… слышатся вой и вопли на Западе. Звучит финальный аккорд, трое молодцов вспрыгивают на трубу и победоносно воздымают автоматы. Занавес.

Зашевелились зрители высокие. Смотрят на князя Собакина. Подкручивает он свой ус, задумавшись. Молвит:

— Нуте-с, какие будут мнения, господа?

Столоначальник:

— Я вижу явный элемент похабщины. Хотя вещь актуальная и сделана с огоньком.

Смотрящий:

— Во-первых, мне не нравится, что вражеского лазутчика убивают, а не захватывают живьем. Во-вторых, почему пограничников всего трое? Застава, как мне известно, состоит из дюжин. Так и пусть их будет двенадцать. Тогда и бздёх будет помощнее...

Я:

— Согласен относительно состава пограничников. Номер нужный, злободневный. Но элемент похабщины есть. А Государь наш, как известно, борется за целомудрие и чистоту на сцене.

Молчит князь Собакин, кивает. Затем молвит:

— Скажите, господа, сероводород, которым бздят наши доблестные воины, горит?

— Горит, — уверенно кивает смотрящий.

— А коли горит, — продолжает князь, ус подкручивая, — тогда чего Европе бояться наших бздёхов?

Вот что значит — Внутреннего Круга человек! Сразу в корень зрит! Бздёхом-то русским можно и города европейские отапливать! Задумались все. И я на свой ум попенял: не докумекал до очевидной вещи. С другой стороны — гуманитарий я по образованию...

Бледнеет постановщик, нервно подкашливает.

— М-да... неувязочка... — чешет подбородок смотрящий.

— Проруха в сценарии! — предупредительно подымает пухлый палец столоначальник. — Кто автор?

В темноте зала возникает сухощавый человек в очках и толстовке.

— Что же вы, любезный, так обмишурились? Тема-то наша газовая стара как мир! — спрашивает его столоначальник.

— Виноват, исправлю.

— Исправляй, исправляй, голубчик, — зевает князь.

— Только помни, что послезавтра — генеральная! — строго говорит смотрящий.

— Успеем, как же.

— И еще, — князь добавляет. — У тебя, когда лучом крота полосуют, кишки из него валятся. Многовато.

— Что, ваше сиятельство?

— Кишок. Натурализм здесь неуместен. Сделай, братец, потрохов поменьше.

— Слушаюсь. Все исправим.

— А что с похабщиной? — спрашиваю.

Косится на меня князь вполоборота:

— Это не похабщина, господин опричник, а здоровый армейский юмор, который помогает нашим стрельцам нести суровую службу на дальних рубежах Родины.

Лаконично. Не поспоришь. Умен князь. И судя по взгляду его косому, холодному — не любит нас, опричников. Ну да это понятно: мы Кругу Внутреннему на пятки наступаем, в затылок дышим.

— Что там дальше? — спрашивает князь, доставая пилочку для ногтей.

— Ария Ивана Сусанина.

Это уже можно не смотреть. Встаю, откланиваюсь, иду к выходу. Вдруг в темноте кто-то хватает меня за руку:

— Господин опричник, умоляю!

Женщина.

— Кто ты? — вырываю руку.

— Умоляю, выслушайте меня! — горячий, сбивчивый шепот. — Я жена арестованного дьяка Корецкого.

— Пошла прочь, земское отродье!

— Умоляю! Умоляю! — Она падает на колени, хватает меня за сапоги.

— Прочь! — толкаю ее сапогом в грудь.

Она валится на пол. И тут же сзади — еще одни женские руки горячие, шепот:

— Андрей Данилович, умоляем, умоляем!

Выхватываю кинжал из ножен:

— Прочь, бляди!

Отпрянули в темноту худые руки:

— Андрей Данилович, я не блядь. Я — Ульяна Сергеевна Козлова.

Ого! Прима Большого театра. Фаворитка Государева, лучшая из всех Одиллий и Жизелей… Не узнал в темноте. Приглядываюсь. Точно — она. А земская стерва лежит ничком. Убираю кинжал:

— Сударыня, что вам угодно?

Козлова приближается. Лицо ее, как и лица всех балерин, в жизни гораздо невзрачнее, чем на сцене. И она совсем невысокая.

— Андрей Данилович, — шепчет она, косясь на полутемную сцену, где Сусанин с палкой и в тулупе неспешно запевает арию свою, — умоляю о заступничестве, умоляю всеми святыми, умоляю сердечно! Клавдия Львовна — крестная мать моих детей, она самая близкая, самая дорогая подруга, она честный, чистый, богобоязненный человек, мы вместе построили школу для сирот, сиротский приют, аккуратная, просторная школа, в ней учатся сироты, я умоляю, мы умоляем вас, Клавдию Львовну послезавтра отправляют на поселение, остался день, я вас прошу как христианина, как мужчину, как театрала, как человека культуры, мы будем вечные должницы ваши, мы будем молиться за вас и вашу семью, Андрей Данилович...

— У меня нет семьи, — прерываю я ее.

Она умолкает. Смотрит на меня большими влажными глазами. Сусанин поет «Настало время мое!» и крестится. Земская вдова валяется на полу. Спрашиваю:

— Почему вы, фаворитка семьи Государевой, обращаетесь ко мне?

— Государь страшно зол на бывшего председателя и на всех его помощников. Он слышать не хочет о помиловании. А дьяк Корецкий лично писал то самое письмо французам. О Корецких Государь и слышать не желает.

— Тем более — что я могу сделать?

— Андрей Данилович, опричнина способна творить чудеса.

— Сударыня, опричнина творит Слово и Дело Государевы.

— Вы один из руководителей этого могущественного ордена.

— Сударыня, опричнина не орден, а братство.

— Андрей Данилович! Умоляю! Сжальтесь над несчастной женщиной. В ваших мужских войнах больше всего страдаем мы. А от нас зависит жизнь на земле.

Голос ее дрожит. Земская еле слышно всхлипывает. Столоначальник косится в нашу сторону. Что ж, заступаются и просят нас почти каждый день. Но Корецкий и вся банда бывшего председателя Общественной палаты… двурушники! В их сторону лучше даже не смотреть.

— Скажите ей, чтобы ушла, — говорю я.

— Клавдия Львовна, голубушка… — склоняется над ней балерина.

Корецкая со всхлипами исчезает в темноте.

— Пойдемте на свет. — Я направляюсь к двери со светящимся словом «выход».

Козлова спешит за мной. Мы молча покидаем здание через служебный вход.

На площади я подхожу к моему «мерину». Козлова подходит следом. При дневном освещении лучшая в России Жизель еще более субтильна и невзрачна. Она прячет худенькое лицо свое в роскошный песцовый воротник коротенькой горжетки. На приме-балерине узкая и длинная юбка черного шелка, из-под которой выглядывают остроносые черные сапожки со вставками из змеиной кожи. Глаза у примы красивые — большие, серые, беспокойные.

— Если вам неудобно — можем переговорить в моей машине, — она кивает в сторону сиреневого «кадиллака».

— Лучше в моей, — показываю свою ладонь «мерину», он послушно открывает стеклянный верх.

В чужих машинах теперь не договариваются даже целовальники. Занюханный подьячий из Торгового приказа не сядет в чужую машину толковать о *черной* челобитной.

Усаживаюсь. Она садится справа на единственное место.

— Прокатимся, Ульяна Сергеевна. — Я завожу мотор, выезжаю с государственной стоянки.

— Андрей Данилович, я совершенно измучилась за эту неделю… — Она достает пачку дамской «Родины», закуривает. — Какая-то обреченность с этим делом. Получается, что я ничем не могу помочь моей подруге юности. А у меня еще завтра спектакль.

— Она вам действительно дорога?

— Ужасно. У меня нет других подруг. Вы знаете нравы в нашем театральном мире…

— Наслышан. — Я выезжаю из Боровицких ворот, выруливаю на Большой Каменный мост, проношусь по красной полосе.

Затягиваясь сигаретой, Козлова смотрит на белокаменный Кремль с едва различимым снегом на нем:

— Знаете, я очень волновалась перед встречей с вами.

— Почему?

— Никогда не думала, что просить за других так трудно.

— Согласен.

— Потом… мне сегодня странный сон приснился: будто на главном куполе Успенского собора все еще те самые черные полосы. И Государь наш все по-прежнему в трауре по первой жене.

— Вы знали Анастасию Федоровну?

— Нет. Тогда я еще не была примой.

Мы выезжаем на Якиманку. В Замоскворечье, как всегда, шумно и людно.

— Так я могу рассчитывать на вашу помощь?

— Я ничего не обещаю, но могу попробовать.

— Сколько это будет стоить?

— Есть вполне стандартные цены. Земское дело по нынешним временам стоит тысячу золотых. Приказное — три тысячи. А уж дело Общественной палаты…

— Но я же не прошу вас закрыть дело. Я прошу за вдову!

Медлю, проезжая по Ордынке. Сколько здесь китайцев, боже мой…

— Андрей Данилович! Не томите!

— Ну… для вас… две с полтиной. И аквариум.

— Какой?

— Ну не серебряный! — усмехаюсь.

— Когда?

— Если вашу подругу высылают послезавтра, то чем скорее, тем лучше.

— Значит, сегодня?

— Правильно мыслите.

— Хорошо… Пожалуйста, отвезите меня домой, если вам не трудно. А за своей машиной я потом схожу… Я живу на улице Неждановой.

Разворачиваюсь, гоню назад.

— Андрей Данилович, деньги вам нужны какие?

— Желательно червонцы второй чеканки.

— Хорошо. Думаю, к вечеру я соберу. А аквариум… Знаете, я не ловлю в золотых аквариумах, мы, балерины, получаем не так много, как кажется… Но Леша Воронянский сидит на золоте. Он мой большой друг. Я достану у него.

Воронянский — первый тенор Большого театра, кумир народный. Он, небось, не только *сидит*, но и ест на золоте… Проношусь опять по Каменному мосту, по красной полосе. Справа и слева в бесконечных пробках теснятся машины. После Народной библиотеки имени Нестора миную Воздвиженку, университет, сворачиваю на опальную Никитскую. Минула Третья зачистка — и попритихла улица сия. Даже сбитенщики и лотошники с калачами ходят здесь опасливо и покрикивают робко. Чернеют окна сожженных квартир, так и не восстановленных. Боится земская сволочь. И поделом…

Выруливаю на улицу Неждановой, останавливаюсь возле серого дома артистов. Он огорожен трехметровой кирпичной стеной с негаснущим лучом вповерх. Это правильно…

— Подождите меня, Андрей Данилович. — Прима покидает машину, исчезает в проходной.

Вызываю Батю:

— Батя, полдела покупают.

— Кого?

— Дьяка Корецкого.

— Кто?

— Козлова.

— Балерина?

— Да. Отмажем вдову?

— Можно попробовать. Сильно делиться придется. Деньги когда?

— К вечеру соберет. И… чует ретивое, Батя, сейчас она мне вынесет аквариум.

— А вот это хорошо, — подмигивает мне Батя. — Коли вынесет сразу — в баню.

— Ясное дело!

Козлова долго не идет. Закуриваю. Включаю *чистое* телерадио. Оно позволяет видеть-слышать то, что с большим трудом смотрят-слушают по ночам наши отечественные отщепенцы. Сперва прохожусь по подполью: «Свободная Слобода» передает списки арестованных за прошлую ночь, рассказывает об «истинных причинах» дела Куницына. Дураки! Кому нынче сдались эти «истинные причины»… Радио «Надежда» днем молчит — отсыпаются, гады полуночные. Зато бодрствует сибирский «Ушкуйник», глас беглых каторжан:

— По просьбе Вована Полтора-Ивана, откинувшегося третьего дня, передаем старую каторжную песню.

Вступает сочная гармонь, и хрипловатый молодой голос запевает:

Лежали на нарах два рыла —
О прошлом вздыхали друзья.
Один был по кличке Бацилла,
Другой был по кличке Чума.

Этого «Ушкуйника», прыгающего по Западной Сибири подобно блохе, прибирали к ногтю дважды — первый раз тамошний Тайный приказ придавил, второй — мы. От приказных они ушли, от нас *отпихнулись* китайскими аквариумами. Покуда шел торг о выкупе дела, троим дикторам наши успели вывихнуть руки на дыбе, а дикторшу Сиволай обрюхатил медведем. Но костяк радиостанции остался цел, купил новую студию *на упряжке*, и снова кандальники вышли в эфир. Государь, к счастью, на них не обращает внимания. Ну и пусть себе воют свои каторжные песни.

И вот вся округа завыла —
Узнала про них Колыма.
В снега оторвался Бацилла,
Во мхи возвратился Чума...

Ловлю Запад. Вот где оплот главной крамолы антироссийской. Здесь, как осклизлые гады в выгребной яме, кишат вражеские голоса: «Свободу России!», «Голос Америки», «Свободная Европа», «Свобода», «Немецкая волна», «Россия в изгнании», «Русский Рим», «Русский Берлин», «Русский Париж», «Русский Брайтон-Бич», «Русский Лазурный Берег».

Выбираю «Свободу», самую яростную из гадин, и сразу напарываюсь на свежеиспеченную крамолу: в студии поэт-эмигрант, узкогрудый очкарик-иуда, наш старый знакомый с раздробленной правой кистью (Поярок на допросе ногу приложил). Поправляя старомодные очки изуродованной рукой, отщепенец читает подрагивающим, полуистерическим фальцетом:

> Где пара граф — там и параграф!
> Где правый суд — там и неправда!
> И не «пора, брат», а «пора брать!»,
> Коль ты по праву не оправдан!

Иуда! Движением перста удаляю от себя бледную рожу нашего либерала. Гнусны они, яко червие, стервой-падалью себя пропитающее. Мягкотелость, извилистость, ненасытность, слепота — вот что роднит их с червием презренным. От оного отличны либералы наши токмо вельмиречивостью, коей, яко ядом и гноем смердящим, брызжут они вокруг себя, отравляя не токмо человеков, но и сам мир Божий, загаживая, забрызгивая его святую чистоту и простоту до самого голубого окоема, до ошария свода небесного змеиною слюною своего глумления, насмехательства, презрения, двурушничества, сомнения, недоверия, зависти, злобы и бесстыдства.

«Свобода России!» хнычет о «замордованной воле», старообрядческая «Посолонь» бормочет о продажности высших иерархов РПЦ, «Русский Париж» читает книгу Йосафа Бака «Истерическая жестикуляция как способ выживания в современной России», «Русский Рим» передает визгливый обезьяний джаз, «Русский Берлин» — идеологическую дуэль двух непримиримых ублюдков-эмигрантов, «Голос Америки» — программу «Русский мат в изгнании» с похабным пересказом бессмертного «Преступления и наказания»:

Охуенный удар невъебенного топора пришелся в самое темя триждыраспронаебаной старухи, чему пиздато способствовал ее мандаблядски малый рост. Она задроченно вскрикнула и вдруг вся как-то пиздопроушенно осела к непроебанному полу, хотя и успела, зассыха гниложопая, поднять обе свои злоебучие руки к хуевой, по-блядски простоволосой голове…

Мерзота — ничего не скажешь.

Злобой и скрежетом зубовным исходят либералы после знаменитого 37-го Указа Государева об уголовной ответственности с непременным публичным телесным наказанием за нецензурную брань в общественных и приватных местах. И что самое удивительное — народ-то наш сразу с пониманием воспринял Указ 37. После ряда показательных процессов, после *протягивания* на главных площадях городов российских, после свиста бычьего кнута на Сенной и воплей на Манежной в одночасье перестал люд простой употреблять паскудные слова, навязанные ему в старину иноземцами. Только интеллигенция никак не может смириться и все изрыгает и изрыгает матерный яд на кухнях, в спальнях, в отхожих местах, в лифтах, в кладовых, в подворотнях, в машинах, не желая расставаться с этим гнусным полипом на теле русского языка, отравившим не одно поколение соотечественников. А Запад гниющий подыгрывает нашим подпольным матерщинникам.

«Русский Лазурный Берег» голосом наглого охальника смеет критиковать Государево распоряжение о суточном перекрытии Трубы № 3. Сколько злобы накопили господа европейцы! Десятки лет сосали наш газ, не задумываясь о том, как непросто достается он нашему трудолюбивому народу. Экая новость: в Ницце *опять* холодно! Придется вам, господа, хотя бы пару раз в неделю есть холодное фуа-гра. Bon appétit! Китай-то поумнее вас оказался...

Удар-звонок. Все тот же дьяк из Посольского приказа:

— Андрей Данилович, Коростылев. Прием албанского посла переносится на завтра, на 14:00.

— Понял, — выключаю совиную рожу дьяка.

И слава Богу, а то сегодня дел невпроворот. На приеме Государем иноземных грамот верительных мы, опричные, теперь стоим рядом с посольскими. Раньше чашу серебряную с водою держали мы одни. А посольские стояли в *дюжине* полукругом. После 17 августа Государь решил посольских приблизить. Теперь держим чашу *в пополаме* с посольскими: Батя и Журавлев на чаше, я или кто-то из правого крыла на полотенце, дьяк посольский на локтевой поддержке, остальные — на ковре и на поклонах. Как только Государь посла нового за руку поприветствует, грамоты верительные примет, так сразу обряд омовения рук Государю творим. Конечно, жаль, что посольские так поднялись после августа злополучного. Но — то воля Государева...

Козлова наконец выходит.

По глазам ее чую — достала. У меня сразу — толчок крови, сердцебиение.

— Андрей Данилович, — в окно она протягивает мне пластиковый пакет из китайской закусочной, — деньги будут до 18:00. Я позвоню.

Киваю, стараясь быть сдержанным, небрежно бросаю пакет на свободное сиденье, закрываю окно. Козлова уходит. Отъезжаю, выруливаю на Тверскую. Возле Московской городской думы встаю на красную стоянку для государственных машин. Засовываю руку в пакет. Ощущаю пальцами прохладный гладкий шар. Нежно обнимаю его пальцами, прикрываю глаза: *аквариум!* Давно, ох, давным-давно не держали мои пальцы прекрасного шара. Почти четверо суток. Ужас...

Вспотевшими от волнения пальцами достаю шар из пакета, кладу на левую ладонь свою: есть! Золотые!

Шар прозрачный, из тончайшего материала изготовленный. Наполнен питательным раствором прозрачным. И в растворе этом плавают семь крошечных (пять миллиметров) золотых стерлядок. Разглядываю их, приблизив шар к лицу. Крохотные, микроскопические рыбки! Божественные, очаровательные создания. Люди большого ума создали вас на радость нам. Подобны вы, рыбки золотисто-проворные, сказочным рыбам, во времена древние приносившим счастье простым русским Иванам-дуракам в виде теремов резных, дочек царских да печек самоходных. Но счастье, которое приносите вы, божественные крошки, несравнимо ни с какими теремами, ни с какими печами-самоходами, ни с какими женскими ласками...

Разглядываю шар. Вижу и без лупы — не обманула Жизель! Семь золотых стерлядок в моих руках. Достаю лупу, гляжу пристальней: отменные, явно китайского производства, не Америка убогая и уж точно не Голландия. Резвятся они в родной стихии, блестят на скупом зимнем солнце московском. Вот и славно!

Звоню Бате. Показываю шар.

— Молодца, Комяга! — подмигивает Батя и в знак одобрения щелкает по своей серьге-колокольцу.

— Куда везти, Батя?

— В Донские.

— Лечу! — выруливаю со стоянки.

По пути к Донским баням прикидываю — как дела распределить на остаток дня-вечера, как все успеть. Но мысли путаются, не дают сосредоточиться — золотые стерлядки рядом в шарике плещутся! Скрипнув зубами, заставляю себя думать о делах государственных. Вроде все успеваю — и *звезду* погасить, и к ворожее слетать.

На улице Донской машин много. Включаю *рев Государев*. Сотрясаются корпуса машин от звука невидимого, уступают они мне дорогу, сворачивают. Велик и могуч *рев Государев*. Дорогу расчищает, как бульдозер. Несусь из последнего, спешу как на пожар. Но стерлядь золотая посильнее пожара будет! Да и посильнее землетрясения.

Подлетаю к желтому зданию Донских бань. Вповерх до самой крыши — фигура бородатого банщика с окладистой русой бородой и двумя вениками в мускулистых руках. Пошевеливает вениками великан-банщик, подмигивает озорным голубым глазком каждые полминуты.

Засупонив шар с рыбками под кафтан в карман куртки поглубже, вхожу. Привратники кланяются в пояс. *Наша* зала уже заказана Батей. Даю снять с себя кафтан черный, прохожу по коридору сводчатому. Цокают о камень мои подковки медные. Возле двери, в залу ведущей, дежурит еще один привратник — рослый, широкоплечий Коляха. Старый знакомый, каждый раз наш покой опричный стерегущий. Через Коляху татуированного чужому в покои наши вовек не пройти.

— Здоров, Коляха! — говорю ему.

— Здоровы будьте, Андрей Данилович, — кланяется он.

— Есть кто уже?

— Вы первым будете.

Ну и хорошо. Лучшее место себе изберу.

Впускает меня Коляха в залу. Неширока она, с низкими потолками. Но уютна, привычна, обжита. Посередине — купель круглая. Справа — парная. Токмо закрыта она за ненадобностью. Ибо у нас нынче *особый* пар, затейливый. Для него и веника не сыщется на земле...

Вкруг купели лежаки ромашкой выставлены. Семь. По числу рыбок в шарике заветном. Достаю его из кармана куртки моей парчовой, присаживаюсь на краешек лежака. Лежит на ладони шарик с рыбками. Резвятся стерлядки золотые в стихии своей. Красивы они зело, и без лупы видать. Недюжинный разум создал забаву сию. А может — и не человеческий. Токмо ангелу, падшему с Престола Господня, могло в ум прийти такое.

Подбрасываю шар на ладони. Недешевая забава. Один такой шарик мой оклад месячный перетянет. Жаль, что волшебные шарики эти запрещены строжайше в стране нашей православной. Да и не токмо в нашей. В Америке за серебряных рыбок дают десять лет, а за золотых — раза в три больше. В Китае — сразу вешают. А Европе гнилой такие шарики не по зубам — тамошние киберпанки дешевую *кислуху* предпочитают. Наш Тайный приказ уж четыре года отлавливает рыбок сих. Но плывут они к нам по-прежнему из Китая сопредельного. Плывут и плывут, минуя сети пограничные. И будут плыть...

Ежели говорить по совести — ничего антигосударственного я в этих рыбках не нахожу. Народу простому они недоступны, а у людей богатых да высокопоставленных должны быть слабости свои. Ведь слабость слабости рознь. Государев отец Николай Платонович в свое время великий указ издал «Об употреблении бодрящих и расслабляющих снадобий». По указу этому кокоша, феничка и трава были раз и навсегда разрешены для широкого употребления. Ибо вреда государству они не приносят, а лишь помогают гражданам в труде и в отдыхе. В любой аптеке можно купить золотник кокоши за стандартную государственную цену — два рубля с полтиною. В каждой аптеке обустроены и стойки для того, чтобы рабочий человек мог с утра или в перерыв обеденный нюхнуть и бодро отправиться трудиться на благо государства Российского. Там же продаются и шприцы с феничкой бодрящей, и папиросы с травой расслабляющей. Траву, правда, продают токмо после 17:00. А вот герасим, кислуха, грибы — действительно народ травят, ослабляют, разжижают, обезволивают, тем самым государству вред нанося. Запрещены они посему на всей территории России. Верно все это придумано, мудро. Но рыбки… это выше всех кокошей-герасимов вместе взятых. Они как радуга небесная — пришла, порадовала и ушла. После радуги стерляжьей похмелья и *перелома* нет.

Распахивается дверь от удара сапогом кованым. Так только наш Батя входит.

— Комяга, ты уж здесь?

— Где ж мне еще быть, Батя!

Кидаю Бате шар. Ловит, смотрит на свет с прищуром:

— Ага… норма!

Вслед за Батей входят Шелет, Самося, Ероха, Мокрый и Правда. Вся *правая* рука Батина. С *левой* Батя в других местах *восторг* давит. И правильно — левое с правым в таком деле мешать негоже.

Все уже слегка *взъерошены*. А как же — до рыбок рукой подать. У Самоси глаза чернявые бегают, кулаки сжаты. Ероха желваки гоняет по скуле широкой, поскрипывает зубами. Мокрый своими бельмами из-под бровей нависших так уставился, словно пробуравить меня хочет. Последний раз он рыбок доставал. А Правда всегда за нож держится — привычка такая. Сильно побелел кулак его, рукоять костяную сжимающий. Все *правые* в опричнине такие — огонь-ребята. Чуть что — и своего порешат, не дрогнут.

Но окорачивает наших Батя:

— Отрысь, отрысь!

Кладет шар на пол каменный и первым с себя одежду снимать принимается. Слуг здесь не положено — сами раздеваемся, сами одеваемся. Сбрасывают с себя опричники куртки парчовые, сдирают рубахи шелковые, срывают исподнее. Разбредаемся голыми, ложимся каждый на свой лежак.

Ложусь, срам ладонями прикрыв, а самого уж дрожь-зноба бить начинает: радость *золотая* не за горами. Батя, как всегда, *на запуске*. Обнажившись, берет он шар с рыбками, подходит… конечно, ко мне. Я же сегодня добытчик. Стало быть — первый из семи. И первая рыбка — моя. Протягиваю я левую руку Бате, сжимаю-разжимаю кулак, пальцами правой руки пережав себе предплечье. Склоняется Батя над руцею моею, яко Саваоф. И прикладывает шар божественный к набухшей вене моей. Вижу, замерли рыбки, качнулись в аквариуме своем. И одна из них метнулась в сторону вены, шаром прижатой. Вильнула хвостиком крохотным и сквозь стекло податливое пробуравилась, впилась мне в вену. Есть! Исполать тебе, Рыбка Золотая!

Батя к Ерохе переходит. Тот уж трясется, скрипит зубами, сжимает кулак, вену тугую накачивая. Склоняется над ним Батя-Саваоф голожопый...

Но не на них устремляются очи мои. Вену левой руки своей вижу я. Отчетливо вижу. И на сгибе бледном локтевом прямо из середины набухшей вены моей торчит-выглядывает крохотный, миллиметровый хвостик золотой стерлядки.

О божественные мгновенья вхождения златорыбки в русло кровяное! Не сравнимо ты ни с чем земным и подобно лишь наслаждению прародителя нашего Адама в кущах райских, когда вкушал он плоды невиданные, для него одного седобородым Саваофом созданные.

Вильнул хвостик золотой, и скрылась рыбка во мне. И поплыла по руслу кровяному. А из крохотной дырочки струйка кровавая тончайшим фонтанчиком выстрелила. Зажимаю я вену, откидываю голову на подголовник мягкий, закрываю глаза. Чувствую, как плывет во мне стерлядка золотая, как движется вверх по вене, как по Волге-матушке весной, к нересту в верховье устремляясь. Вверх, вверх, вверх! Есть куда стремиться золотой стерлядке — к мозгу моему. Замер он весь в ожидании великом: в нем и отложит небесную икру свою стерлядка-волшебница. О, плыви, плыви, златорыбица, устремляйся беспрепятственно, вымечи икру свою золотую в усталом мозге моем, и да вылупятся из тех икринок Миры Великие, Прекрасные, Потрясающие. И да воспрянет ото сна мозг мой.

Считаю вслух пересохшими губами:

Раз.

Два.

Три…

Ах, как и открывались-раскрывалися
глаза мои,
Да глаза мои, желты глазоньки,
Желты глазоньки да на моей главе,
На моей главе да на могучею.
А сидит глава моя головушка
Да на крепкой шее длиннехонькой,
На длиннехонькой да на извилистой,
Всей змеиной чешуею да покрытою.
А и рядом со моей со головушкой
Шесть таких же голов колыхаются,
Колыхаются, извиваются,
Желта золота глазами перемигиваются.

Перемигиваются, переругиваются,
Переперхиваются да перехаркиваются.

Раскрывают-открывают пасти красные,
Пасти красные да прекрасные,
Десны розовы да все с зубами вострыми.
А из пастей тех едкий дым валит,
Едкий дым валит да огонь идет,
Да могучий рев да рык вырывается.

А у каждой у главы да свое имя есть,
Свое имя есть нареченное:
А перву главу зовут-кличут Батею,
А другу главу зовут-кличут Комягою,
Ну а третью-то главу кличут Шелетом,
А четвертую главу зовут Самосею,
А уж пятую главу зовут Ерохою,
А шестую-то главу зовут Мокрою,
А седьмую-то главу зовут Правдою.
Ну а всех-то нас, семиглавых-то,
Нарекаю страшным Змеем Горынычем —
Огнедышащим Драконом Губителем.

И сидят-то те семь глав да на тулове,
На широком, толстобоком, на приземистом,
На приземистом, на увесистом,
Со хвостом тяжелым со извилистым.
А несут то тулово примерное
Две ноги могучие, толстенные,
Все толстенные да претолстенные,
В землю рыхлую когтями устремленные.

А с боков на тулове приземистом
Два крыла растут-торчат перепончатых,
Перепончатых, крепко жилистых,
Крепко жилистых да сильно машущих.
Загребают воздух славным розмахом,
Напружиниваются, воздымаются,
От земли да от родимой отрываются.
Поднимаемся мы тут да надо всей землей,
Надо всей землей да над русскою.
И летим по небу да по синему
Беспрепятственно — туда, куда захочется.

А и спрашивает седьмая голова:
— А куда ж летим, куда путь держим?
А и спрашивает шестая голова:
— В какой край мы сегодня нацелились?
А и спрашивает пятая голова:
— Нам далече ли лететь нынче по небу?
А и спрашивает четвертая голова:
— Куда крылья нам лихие поворачивать?
А и спрашивает третья голова:
— По каким ветрам хвостом нам помахивать?
А и спрашивает вторая голова:
— На какие земли нам прищуриться?

Ну а перва голова, сама главная,
Сама главная — отвечает им:
— Полетим мы нынче да по небушку,
Все по небушку да по синему,

Все на Запад прямиком, в страну дальнюю,
В страну дальнюю да богатую,
По-за морем-окияном пораскинувшуюся,
Пораскинувшуюся да порасцветшую,
Злата-серебра богато накопившую.

В той стране далекой терема стоят,
Терема стоят все высокие,
Все высокие, островерхие,
Небо синее нещадно подпирающие.
А живут в тех теремах люди наглые,
Люди наглые да бесчестные,
Страха Божия совсем не имеющие.
И живут те люди безбожные,
Во грехах своих паскудных купаются,
Все купаются, наслаждаются,
Да над всем святым издеваются.
Издеваются, насмехаются,
Сатанинскими делами прикрываются.
Все плюют они на Святую Русь,
На Святую Русь на православную,
Все глумятся они да над правдою,
Все позорят они имя Божие.
Полетим же мы сейчас беспрепятственно
По бескрайнему по небушку по синему
Через страны близлежащие торговые,
Через рощи да леса-боры дремучие,
Через вольные поля-луга зеленые,
Через реки да озера прозрачные,

Через стары города да европейские.
А потом полетим мы напористо
По-над морем-окияном во далекий путь,
Во далекий путь, во безбожный край.

Развернули мы крылья перепончатые,
Помахали мы хвостом да по семи ветрам,
Да поймали мы в крыла
быстрый ветр восьмой,
Быстрый ветр восьмой, ветр, попутный нам.
Мы пристроились да к ветру да к тому,
Оседлали его да как лиха коня,
Да на нем, на буйном ветре-перекатыше,
В путь далекий да опасный отправились.

Пролетели мы первых десять дней,
Пролетели первых десять ночей.
Десять дней-ночей по-над гладь-водой,
По-над волнами крутыми да раскатными.
Ослабели наши крылья перепончатые,
Притомились наши головы горынные,
Пообвис-устал наш могучий хвост,
Поразжались наши лапы когтистые.

Глядь, увидели во море-окияне мы
Дом на сваях на железных на устойчивых,
Чтоб качать-сосать из матушки сырой земли
Кровь глубинную, веками накопленную.
Опустились мы на тот на железный дом,

Разрывали мы крышу да железную,
Поедали двенадцать нечестивцев тех,
А их косточки в море выплевывали.
Отдыхали там три дня да три ноченьки,
А в четвертую ночь дом огнем пожгли
Да на Запад снова отправились.

Пролетели мы вторых десять дней.
Пролетели вторых десять ночей.
Десять дней-ночей по-над гладь-водой.
Ослабели наши крылья перепончатые,
Притомились наши головы горынные,
Пообвис-устал наш могучий хвост,
Поразжались наши лапы когтистые.

Глядь, увидели во море-окияне мы
Огромадный корабль шестипалубный.
На восток плывет тот корабль большой,
Из страны безбожной, злокозненной.
Он везет товары все поганые,
Он везет людей все безбожников,
Он везет крамольные грамоты,
Он везет бесовские потешища,
Он везет сатанинские радости,
Он везет блядей-гнилых-лебедушек.

Налетели мы как вихрь да на тот корабль,
Жгли-пожгли его из семи голов.
Из семи голов, из семи ротов,

Да повыжгли всех поганых безбожников,
Да пожрали всех блядей-гнилых-лебедушек.
Отдыхали там три дня да три ноченьки,
На четвертую — дальше отправились.

　　Пролетели мы третьих десять дней,
Пролетели третьих десять ночей.
Глядь, увидели страну ту безбожную.
Налетели мы тотчас, изловчилися,
Стали жечь ее из семи голов,
Из семи голов, из семи ротов,
стали жрать-кусать тех безбожников.

А нажравшись, их кости повыплюнули, да опять жечь-палить принимались, жечь-палить тех гадов, тех гадов-гадских, выблядков омерзительных, безбожных наглых забывших все святое все трисвятое их надобно выжигать аки отпрысков асмодея аки тараканов аки крыс смердящих выжигать беспощадно выжигать дочиста дотла жечь выблядков окаянных жечь огнем чистым и честным жечь и жечь и когда головой окно проламливаю окно твердое из стекла цельного ударил первый раз выстояло ударил второй раз треснуло ударил в третий раз разбилося всовываю голову свою в квартиру полутемную попрятались гады от кары небесной но видят в темноте желтые глаза мои видят хорошо видят пристально нахожу первого гада мужчина сорока двух лет забился в платяной шкаф обжигаю шкаф широкой струей гляжу как горит шкаф но сидит внутри и не шелохнется страшно ему а шкаф горит трещит дерево но сидит и я жду но не выдерживает распахивает дверцу с воплем и я ему в рот пускаю узкую струю пламени мой верный вертел огненный и глотает он огонь мой глотает и падает ищу дальше дети две девочки шести и семи лет забились под кровать под широкую обливаю кровать широкой струей горит кровать горит подушка горит одеяло не выдерживают вырываются из-под кровати бегут к двери пускаю им вслед широкую струю веером вспыхивают добегают до двери горящими ищу дальше самое сладкое ищу нахожу ее женщину тридцати лет блондинку пугливую забилась в ванной между стиральной машиной и стеной сидит в одной рубашке нательной коленки голые раскорячилась от ужаса оцепенела смотрит глазами круглыми на меня а я не торопясь ноздрями запах ее сонный втягиваю приближаюсь к ней ближе ближе ближе смотрю ласково носом коленки трогаю тихонько раздвигаю раздвигаю раздвигаю а после пускаю самую узкую струю мой верный вертел огненный пускаю ей в лоно узко пускаю и сильно наполняю дрожащее лоно ее вертелом огненным вопит она криком нечеловеческим а я медленно начинаю ее вертелом огненным **еть-етьетьетьетьетьетьетьетьеть.**

Пробуждение…

Подобно воскресению из мертвых оно. Словно в старое тело свое, давно умершее и в землю закопанное, возвращаешься. Ох и не хочется!

Приподнимаю веки свинцовые, вижу голого себя на лежанке. Шевелюсь, кашляю, сажусь. Горячо мне. Беру бутылку ледяного березового сока «Есенин». Припас Коляха, не забыл. Булькает сок березовый в сухом горле. Другие тоже пошевеливаются, покашливают. Хорошо было. На рыбках — всегда хорошо. Никогда *облома гнилого* или *омута черного* не было на рыбках. Это не герасим убогий.

Кашляют наши, пробудившись. Батя жадно сок пьет. В поту его лицо бледное. Напиться после рыбок — первое дело. Второе дело — порыгать. А третье — рассказать, кто чего делал.

Пьем, рыгаем.

Делимся пережитым. Мы Горынычем уже восьмой раз оборачиваемся. Рыбки — коллективное дело, в одиночку их пользовать — дураком быть.

Батя, как всегда, не совсем доволен:

— Чего вы всегда меня торопите? Либо жечь, либо жрать надобно... А то задергались — то туда, то сюда. Спокойней надо, по порядку.

— Это все Шелету неймется, — откашливается Ероха. — Везде, братуха, поспеть хочешь.

— Да ладно вам, — потягивается Шелет. — Хорошо же было, правда? С кораблем понравилось... как они из иллюминаторов лезли, прыгали в воду!

— Хорошо! А мне в городе больше приглянулось: как пустим веер в семь струй, как они в небоскребе завизжат... круто! — кивает Мокрый. — А Комяга у нас затейлив, а? Как он ее! У этой американки из жопы аж дым пошел!

— Комяга изобретательный! В университетах учился, еб твою! — усмехается Правда.

Батя его за мат — по губам.

— Прости, Бать, бес попутал, — кривится Правда.

— В общем и целом — было хорошо, — подытоживает Батя. — Правильные рыбки!

— Правильные! — соглашаемся.

Одеваемся.

Чем еще стерлядки золотые хороши — после них силы не убывает, а наоборот — прибавляется.

Словно на курорте побывал, в Крыму нашем солнечном. Словно сейчас на дворе — конец сентября, а ты, стало быть, три недели в Коктебеле на песке золотом провалялся да под татарский массаж извилистый члены разные подставлял. И вот воротился ты в Белокаменную, приземлился во Внуково, с самолета серебристого сошел, вдохнул всей грудью воздух подмосковный, задержал в себе — и сразу так хорошо стало, так *правильно*, так целокупно в душе, так покойно-беспокойно, так *ответственно*, — и понимаешь, что и жизнь удалась, и силушка имеется, и к делу великому ты сопричастен, и ждут тебя сообщники, парни удалые, и работы горячей невпроворот, и врагов не поубавилось, и Государь наш жив-здоров, а главное — Россия жива, здорова, богата, огромна, едина, и никуда она, матушка, за эти три недели не сдвинулась с места своего, а даже наоборот — прочнее корнями своими вековыми в мясо земное вросла.

Прав Батя: после рыбок жить и работать хочется, а после герасима — бежать за новой дозой.

Гляжу на часы — всего сорок три минуты *отгорынил* я, а внутри чувство такое, словно целую жизнь прожил. И дала мне эта жизнь силы новые на супротивников да на крамольников. Много вопросов у меня по рыбкам: ежели они нам, опричникам, так полезны — отчего не узаконить их хотя бы для нас *исключительно*? Батя уж не раз Государю наши домыслы на этот счет подносил, но тот непреклонен: закон един для всех.

Выходим из бани бодрые и как будто помолодевшие. Каждый сует Коляхе татуированному по полтиннику. Кланяется Коляха довольный.

На улице морозно, но солнце уж за облаки скрылось-закатилось. Пора к делам возвращаться. У меня теперь — *звездопад*. Дело это нужное, государственное.

Сажусь в свой «мерин», выруливаю на Шаболовку, звоню: все ли готово? Вроде — все.

Лезу за сигаретами — после рыбок всегда на курево тянет. А сигареты-то и кончились. Торможу возле «Народного ларька». Торговец красномордый как Петрушка из балагана высовывается:

— Что изволите, господин опричник?

— Изволю сигарет.

— Имеется «Родина» с фильтром и «Родина» без такового.

— С фильтром. Три пачки.

— Пожалуйста. Курите на здоровье.

Видать, парень с юмором. Доставая бумажник, разглядываю витрину. Стандартный набор продуктового ларька: сигареты «Родина» и папиросы «Россия», водка «Ржаная» и «Пшеничная», хлеб черный и белый, конфеты «Мишка косолапый» и «Мишка на Севере», повидло яблочное и сливовое, масло коровье и постное, мясо с костями и без, молоко цельное и топленое, яйцо куриное и перепелиное, колбаса вареная и копченая, компот вишневый и грушевый и, наконец, сыр «Российский».

Хороша была идея отца Государева, упокойного Николая Платоновича, по ликвидации всех иноземных супермаркетов и замены их на русские ларьки. И чтобы в каждом ларьке — по две вещи, для выбора народного. Мудро это и глубоко. Ибо народ наш, богоносец, выбирать из двух должен, а не из трех и не из тридцати трех. Выбирая из двух, народ покой душевный обретает, уверенностью в завтрашнем дне напитывается, лишней суеты беспокойной избегает, а следовательно — *удовлетворяется*. А с таким народом, *удовлетворенным*, великие дела сотворить можно.

Все хорошо в ларьке, токмо одного понять не в силах голова моя — отчего всех продуктов по паре, как тварей на Ноевом ковчеге, а сыр — один, «Российский»? Логика моя здесь бессильна. Ну да не нашего ума это дело, а Государева. Государю из Кремля народ виднее, обозримей. Это мы тут ползаем, как воши, суетимся, верных путей не ведая. А Государь все видит, все слышит. И знает — кому и что надобно.

Закуриваю.

И сразу ко мне лотошник подваливает — с бородкой аккуратной, в кафтане аккуратном, с аккуратными манерами. Лоток у него нагрудный, книжный, ясное дело.

— Не угодно ли господину опричнику приобрести последние новинки российской изящной словесности?

Распахивает передо мною трехстворчатый лоток свой. Книжные лотки тоже стандартные, одобренные Государем и утвержденные Словесной палатой. Народ у нас книгу уважает. В левой створе — православная литература, в правой — классика русская, а посередь — новинки современных писателей. Сперва разглядываю новинки прозы отечественной: Иван Коробов «Береза белая», Николай Воропаевский «Отцы наши», Исаак Эпштейн «Покорение тундры», Рашид Заметдинов «Россия — родина моя», Павел Олегов «Нижегородские десятины», Савватий Шаркунов «Будни Западной стены», Иродиада Денюжкина «Друг мой сердечный», Оксана Подробская «Нравы детей новых китайцев». Этих авторов я хорошо знаю. Известны они, заслужены. Любовью народной и Государевой обласканы.

— Так… а это чего здесь? — В уголке лотка замечаю учебник Михаила Швеллера по столярному воспитанию для церковно-приходских школ.

А под ним — учебник по слесарному воспитанию, того же автора.

— Тут две школы неподалеку, господин опричник. Родители берут.

— Ясно. А молодая проза?

— Новинки молодых писателей ожидаем, как всегда, весною, к Пасхальной книжной ярмарке.

Понятно. Перевожу очи на поэзию российскую: Пафнутий Сибирский «Родные просторы», Иван Мамонт-Белый «Яблоневый цвет», Антонина Иванова «России верные сыны», Петр Иванов «Заливной луг», Исай Берштейн «За все тебя благодарю!», Иван Петровский «Живи, живое!», Салман Басаев «Песня чеченских гор», Владислав Сырков «Детство Государя».

Беру последнюю книжку, раскрываю: поэма о детстве Государя. О юности и зрелости поэт Сырков уже давно написал. Изящно изданная книжка: переплет дорогой, телячьей кожи, золотое тиснение, розовый обрез, бумага белая, плотная, закладочка голубого шелка. На авантитуле — подвижное изображение поэта Сыркова: мрачноват, седовлас, сутул. Стоит на берегу морском, на горизонт глядит, а у ног его о камень волны морские бьются и бьются, бьются и бьются. На филина чем-то похож. Видать, сильно в себя погруженный.

— Крайне духоподъемная поэма, господин опричник, — аккуратным голосом говорит лотошник. — Такой выпуклый образ Государя, такой живой язык...

Читаю:

Как ты бегал, подвижный, веселый,
Как тревожил леса и поля,
Как ходил на Рублевке ты в школу,
Как шептал: «О, родная земля!»,

Как стремился быть честным и стойким,

Как учился свободе у птиц,

Как в ответах был быстрым и бойким,

Как ты за косы дергал девиц,

Как спортивным ты рос и упрямым,

Как хотел побыстрей все узнать,

Как любил свою тихую маму,

Как отца выходил провожать,

Как с борзыми носился по лугу,

Как гербарий впервые собрал,

Как зимой слушал белую вьюгу,

Как весною взял яхты штурвал,

Как готовил ты змеев воздушных,

Как учился водить вертолет,

Как скакал на Абреке послушном,

Как с отцом поднимал самолет,

Как китайский язык ты освоил,

Как писал иероглиф «гоцзя»[1],

Как ты тир по утрам беспокоил,

Как нырял, не жалея себя,

Как Россия в тебе отозвалась,

Как проснулась родная страна,

Как Природа с тобой постаралась,

Как пришли вдруг твои времена…

Ну что ж, неплохо. Излишне эмоционально, как и всегда у Сыркова, но зато — действительно выпукло. Прав лотошник. Надо купить книжонку — сам сперва прочту, потом Посохе подарю, чтобы он эту

---

[1] Государство (*кит.*).

поэму заместо препохабнейших «Заветных сказок» почитывал. Авось опомнится, дубина…

— Почем? — спрашиваю.

— Для всех — три целковых, но для господина опричника — два с полтиною.

Недешево. Ну да на Государевой истории грешно экономить. Протягиваю деньги. Лотошник принимает с поклоном. Сунув книгу в карман, сажусь в «мерин».

И даю по газам.

«Звезды гасить — не мед водой разводить», — любит Батя наш говаривать. И то верно — важное это дело, государственное. Но сноровки требует, подхода особого. *Умное* дело, одним словом. И в умных исполнителях нуждается. Каждый раз что-то изобретать-придумывать надобно. Это вам не земские усадьбы жечь…

Стало быть, опять в центр еду. Снова по Якиманке переполненной, снова по красной полосе. Въезжаю на Каменный мост. Солнце из-за туч зимних выглянуло, Кремль осветило. И просиял он. Славно, что уж двенадцать лет, как он белокаменным стал. И вместо бесовских пентаклей на башнях Кремля Московского сияют золотом державные орлы двуглавые.

Чуден Кремль при ясной погоде! Сияние исходит от него. Слепит глаза Дворец Власти Российской так, что дух захватывает. Рафинадом белеют стены и башни кремлевские, сусальным золотом горят купола, стрелой возносится в небо колокольня Иоанна Лествичника, строгими стражниками обстоят ели голубые, свободно и гордо реет флаг России. Здесь за стенами белокаменными, ослепительными, зубчатыми — сердце земли Русской, престол государства нашего, средостение и средоточие всей России-матушки. За рафинад Кремля, за державных орлов, за флаг, за мощи правителей российских, в соборе Архангельском упокоенные, за меч Рюрика, за шапку Мономаха, за Царь-пушку, за Царь-колокол, за брусчатку площади Красной, за Успенский собор, за башни кремлевские не жалко и жизнь свою положить. А за Государя за нашего — и другую жизнь не жалко.

Слезы навернулись...

Сворачиваю на Воздвиженку. Теребит меня мобило тремя ударами кнута: тысячник из отряда «Добры молодцы» докладывает, что все готово у них к *гашению*. Но хочет детали уточнить, утрясти, обмозговать, обкумекать. Не уверен, ясное дело. Так на то я к тебе и еду, садовая голова! Этим отрядом молодой граф Ухов из Внутреннего Круга верховодит, а подчиняются они лично Государю. Полное название их — «Союз российских добрых молодцев во имя добра». Ребята они молодые, горячие, правильные, но присмотра требуют. Потому как с руководством у них с самого начала что-то не заладилось — не везет на мозговитых, хоть зарежься! Каждый год Государь тысячника их меняет, а толку по-прежнему мало. Мистика... Мы в опричнине этих архаровцев «добромольцами» кличем. Не все у них ладится, ох, не все... Ну да ничего, поможем. Поделимся опытом, не впервой.

Подкатываю к их управе, богато отделанной. Мозгов у них мало, а вот денег — хоть жопой ешь. Вдруг — красный звонок на мобило. Дело важное. Батя:

— Комяга, где ты?

— У «добромольцев», Батя.

— Бросай их к лешему, дуй в Оренбург. Там наши с таможенниками сцепились.

— Так это ж левого крыла забота, Батя, я ж в этом деле бывший.

— Чапыж мать хоронит, Серый с Воском в Кремле у графа Савельева на толковище, а Самося-дурак въехал в кого-то из Стрелецкого приказа на Остоженке.

Вот те раз.

— А Балдохай?

— В командировке, в Амстердаме. Давай, Комяга, дуй, пока нас не обули. Ты же работал на таможне, знаешь их кухню. Там кусок тыщ на сто, серьезная тяга. Сорвется — не простим себе. Таможенники и так обнаглели за последний месяц. Разберись!

— Слово и Дело, Батя!

М-да. Оренбург. Это значит — Дорога. А с Дорогой не шутят. За нее биться надобно до крови. Звоню «добромольцам», даю отбой до вечера:

— На вой приеду!

Выруливаю на бульвары, потом — снова через мост Каменный в подземную Калужскую-2. Широка она, гладка. Выжимаю 260 верст в час. И через восемнадцать минут подкатываю к Внуковскому аэропорту. Ставлю свой «мерин» на государственную стоянку, прохожу в зал. Встречает меня девица в синей форме «Аэрофлота» с аксельбантами, с шитьем серебряным, в ботфортах и перчатках белой кожи, приглашает в коридор безопасности. Прикладываю правую руку к квадрату стеклянному. Повисает в воздухе, смолой сосновой ароматизированном, вся моя жизнь: год рождения, звание, место жительства, гражданское состояние, реестр, привычки, телесно-душевные особенности — родинки, болезни, психосома, ядро характера, предпочтения, ущерб, размеры членов и органов. Зрит девица на душевность да телесность мою, различает, сравнивает. «Прозрачность во всем», как говорит наш Государь. И слава Богу: мы у себя на родине, чего стесняться.

— Куда изволите лететь, господин опричник? — спрашивает служащая.

— Оренбург, — отвечаю. — Первый класс.

— Ваш самолет вылетает через двадцать одну минуту. Стоимость билета — 12 рублей. Время в полете — пятьдесят минут. Как предпочитаете заплатить?

— Наличными.

Мы теперь всегда и везде платим только настоящей монетой.

— Какими?

— Второй чеканки.

— Прекрасно. — Она оформляет билет, меся воздух руками в светящихся перчатках.

Я протягиваю деньги — золотую десятку с благородным профилем Государя и два целковых. Они исчезают в матовой стене.

— Прошу вас, — с полупоклоном она приглашает меня пройти в палату ожидания для пассажиров первого класса.

Прохожу. Тут же человек в папахе белой и белой казачьей форме с нижайшим поклоном принимает верхнюю одежду. Отдаю ему черный кафтан с шапкой. В просторной палате для первого класса народу немного: две семьи богато разодетых казахов, четверо тихих европейцев, старик китаец с мальчиком, столбовой с тремя слугами, какая-то одинокая дама и двое громкоголосых, пьяноватых купчин. И все, за исключением дамы и китайцев, что-то едят. Трактир здесь хороший, знаю, ел не раз. А после стерлядок золотых всегда закусить охота. Присаживаюсь к столу. Тут же возникает *прозрачный* половой, словно сошедший с гоголевских страниц бессмертных — пухлощекий, красногубый, завитой, улыбчивый:

— Чего изволите-с?

— Изволю я, братец, выпить, закусить и поесть влегкую.

— Водочка ржаная с золотым и серебряным песочком, икорка осетровая шанхайская, балычок тайюаньский, груздочки соленые и в сметанке, холодец говяжий, заливной судачок подмосковный, окорочок гуандунский.

— Давай-ка серебряной ржаной, груздей в сметане и холодца. Чем покормишь?

— Ушица стерляжья, борщ московский, утка с репой, кролик в лапше, форель на угольях, поджарка говяжья с картошкой.

— Уху. И стакан сладкого квасу.

— Благодарствуйте.

Прозрачный исчезает. С ним можно было поговорить о чем угодно, хоть о спутниках Сатурна. Память у него в принципе безразмерна. Как-то спьяну я спросил у местного *прозрачного* формулу живородящего волокна. Назвал. А потом подробнейше пересказал технологию процесса. Батя наш, когда подопьет, любит задавать *прозрачным* один-единственный вопрос: «Сколько времени осталось до взрыва Солнца?» Отвечают с точностью до года... Но сейчас — времени нет на кураж, да и есть хочется.

Заказ моментально возникает из стола. Такие вот столы здесь *приемистые*. Водки подают всегда графин. Выпиваю рюмку, закусываю солеными груздями в сметане. Лучше этой закуски пока ничего не придумано человечеством. Даже нянькины малосольные огурцы меркнут рядом с этим. Съедаю превосходный кусок холодца с горчицей, выпиваю залпом стакан сладковатого квасу, приступаю к ухе. Ее завсегда неторопливо кушать надобно. Ем, по сторонам поглядываю. Купцы приканчивают второй графин, болтают о каких-то «протягах третьей ступени» и «стосильных параклитах», которыми они отоварились в Москве. Европейцы вполголоса переговариваются по-английски. Казахи лопочут по-своему, поедая пирожные и запивая их чаем. Китаец с мальчиком жуют из пакетиков что-то свое. Дама отрешенно курит. Доев уху, требую чашку кофе по-турецки, достаю сигареты, закуриваю. Вызываю наших на Дороге: нужно в курс дела войти. Возникает лицо Потрохи. Перевожу мобило на тайный разговор. Потроха быстро тараторит:

— Двенадцать трейлеров, «Высокая мода», Шанхай — Тирана, сделали им «малый тип-тирип», остановили сразу после Ворот, на отстойник отрулили, а страховщики уперлись — им проплатили по старому ярлыку, новый договор они стряпать не хотят, мы нажали через Палату, а начальник говорит — у них с теми купцами свой интерес, там мокрая челобитная, мы — опять к таможенникам, а те с ними в доле, старший закрывает дело, дьяк свернулся, короче — их через два часа отпустят.

— Понял. — Задумываюсь.

В таких делах хорошим шахматистом быть надобно, далеко просчитывать. Непростое дело, но понятное. Судя по тому, что дьяк из Таможенного приказа *свернулся*, стало быть, у них *коридор с поклоном*, а договор они сразу после заставы подновили. Значит, у казахов они прошли *чисто*. Ясно: таможенники закрылись, чтобы на Западных воротах *улыбнуться*. Второй договор они сдадут, проплатят *по-белому*, потом порвут страховку, а западные дьяки составят акт *о четырех часах*, потом *крота спрячут*, чистый договор подпишут — и уплыли двенадцать трейлеров с «Высокой модой» в албанский город Тирана. И опять таможенники над нами верх возьмут.

Думаю. Ждет Потроха.

— Вот что, парень. Возьми сердечного, договорись с дьяком о белом толковище, возьми на встречу осаленного подьячего и поставь рядом своих лекарей. Гнилой договор есть у вас?

— Конечно. А на сколько встречу назначать?

Гляжу на часы:

— Через полтора часа.

— Понял.

— И скажи дьяку, что я имею.

— Понял.

Убираю мобило. Тушу окурок. Уже объявили посадку. Прикладываю ладонь к столу, благодарю *прозрачного* за обед, прохожу по коридору нежно-розовому, акацией цветущей пахнущему, в самолет. Небольшой он, но уютный — «боинг-иценди-797». Надписи везде по-китайски, ясное дело: кто «боинги» теперь строит, тот и музыку заказывает. Прохожу в салон первого класса, сажусь. Первоклассников кроме меня всего трое — старик китаец с мальчиком да та дама одинокая. Лежат все наши три газеты: «Русь», «Коммерсантъ» и «Возрождение». Новости я все знаю, а читать *с бумаги* охоты нет.

Самолет взлетает.

Заказываю себе чай, заказываю кино старое: «Полосатый рейс». Я, на дело когда лечу, всегда старое веселое кино смотрю, привычка такая. Хорошее кинцо, веселое, хоть и советское. Смотришь про то, как львов-тигров на корабле везут, а они из клеток вырываются и людей пугают, и думаешь — вот ведь жили люди русские и тогда, во времена Смуты Красной. И не слишком, скажем, от нас отличались. Разве что почти все безбожниками были.

Поглядываю, что другие смотрят: китайцы — «Речные заводи», ясное дело, а дама… о, любопытно… «Великая Русская стена». Никогда бы не сказал по виду этой дамы, что любит она такое кино. «Великая Русская стена»… Лет десять тому назад это снято великим нашим Федором Лысым по прозвищу Федя-Съел-Медведя. Важнейшее кино в истории Возрожденной России. Про заговор Посольского приказа и Думы, про закладку Западной стены, про Государеву борьбу, про первых опричных, про героических Валуя и Зверога, погибших тогда на даче министра-предателя. Само дело вошло в историю российскую под названием «Распилить и продать». А сколько шума вызвала эта фильма, сколько споров, сколько вопросов и ответов! Сколько машин и морд побили из-за нее! Актер, сыгравший Государя, ушел после этого в монастырь. Давненько, давненько сию фильму не пересматривал. Но — наизусть помню, потому как для нас, опричных, это как бы вроде учебного пособия.

Вижу, на пузыре голубом лица министра иностранных дел и пособника его, председателя Думы. Составляют они на даче министра страшный договор о разделе России.

Председатель Думы:

Ну власть мы возьмем. Ну а с Россией что делать, Сергей Иванович?

Министр:

Распилить и продать.

Председатель:

Кому?

Министр:

Восток — японцам, Сибирь — китайцам, Краснодарский край — хохлам, Алтай — казахам, Псковскую область — эстонцам, Новгородскую — белорусам. А уж середку — себе оставим. Все готово, Борис Петрович. Людишки-то уж не только подобраны, но и расставлены. (*Пауза многозначительная, свеча горит.*) Завтра! Ну?

Председатель
(*оглядываясь*):

Что-то боязно, Сергей Иванович...

Министр
(*обнимает председателя, жарко дыша*):

Не бойсь, не бойсь! Вместе со мною Москвой ворочать будешь! А? Москвой! (*Плотоядно прищуривает глаза.*) Вдумайся, родной! Вся Москва у нас вот здесь будет! (*Показывает пухлую ладонь.*) Ну, подпишешь?

И сразу же крупным планом — глаза председателя Думы. Забегали они сперва пугливо, затравленно, как у волчары загнанного, а потом вдруг в них злость пробудилась, в ярость неистовую перерастая. И тут же — музыка грозная надвинулась, тень пролегла косая, тревожная, занавеска от ветра ночного качнулась, свечу задуло, собака залаяла. И в темноте сжимаются кулаки у председателя — сперва от страха дрожа, а после — от злобы и ненависти к государству Российскому.

Председатель

(скрежеща зубами):

Все подпишу!

Хороший постановщик Федя Лысый. Недаром сразу после фильмы этой Государь его главою Киношной палаты поставил. Но эта дама… по виду она из столбовых. А для столбовых эта фильма — как нож барану. Смотрит дама в пузырь с фильмой, словно и не видит ничего. Словно сквозь пузырь глядит. Лицо холодное, безучастное. Не очень красивое, но породистое. Видно, что не в приюте Новослободском росла.

Не выдерживаю:

— Сударыня, вам нравится эта фильма?

Поворачивает ко мне холеное лицо свое:

— Чрезвычайно, господин опричник.

Ни один мускул лица не дрогнет. Спокойна, как змея:

— Вы спрашиваете по долгу службы?

— Отнюдь. Просто в этой фильме много крови.

— Вы полагаете, что русские женщины боятся крови?

— Женщины вообще боятся крови. А русские…

— Господин опричник, благодаря вам русские женщины давно привыкли к крови. К малой и к большой.

Во как! Голыми руками ее не возьмешь.

— Возможно, но… мне кажется, есть кино более приятное для женского глаза. А в этой фильме много страданий.

— У всех свои предпочтения, господин опричник. Вспомните романс «Мне все равно — страдать иль наслаждаться».

Как-то она чересчур высокопарна.

— Извините, но я спросил просто так.

— А я вам просто так и отвечаю. — Она отворачивается, снова вперивается в пузырь холодным взором.

Заинтриговала. Снимаю ее на мобилу, даю сигнал, чтобы наша служба безопасности пробила даму сию. Ответ приходит мгновенно: Анастасия Петровна Штейн-Сотская, дочь думского дьяка Сотского. Мать честная! Это тот самый дьяк, что составлял с председателем Думы зловредный план «Распилить и продать». Меня в те годы боевые еще в опричнине не было, я тихо подрабатывал на таможне с антиквариатом да ценными металлами, учась на вечернем отделении Университета Московского… Понимаю, понимаю, почему она так смотрит фильму сию. Это же история ее семьи, елки точеные! Ведь дьяка Сотского, коли мне память не изменяет, обезглавили тогда на Красной площади вместе с девятью главными заговорщиками…

На моем пузыре — тигры в клетках, советские поварихи, а я их в упор не вижу. Здесь рядом —

жертва государства Российского сидит. Как же с ней-то обошлись? Фамилию даже не сменила, взяла двойную. Гордая. Заказываю подробную биографию: 32 года, замужем за Борисом Штейном, торговцем текстилем, в те годы 6 лет прожила в ссылке вместе с матерью и младшим братом, по образованию юрист, ядро характера — «Бегущая Сестра — 18», левша, ломала ключицу, слабые легкие, плохие зубы, почти все уже не свои, дважды пережила выкидыш, третий раз родила мальчика, живет теперь в Оренбурге, любит стрелять из лука, играть в шахматы и петь под гитару русские романсы.

Выключаю своих тигров, пытаюсь задремать.

Но мысли сами в голову лезут: вот сидит рядом человек, навсегда обиду затаивший. И не только на нас, опричных, но и на самого Государя. И с человеком этим уже ничего поделать нельзя. А ведь она сына воспитывает, да небось по четвергам у них со Штейном семейные приемы, интеллигенция оренбургская собирается. Поют они романсы, пьют чай с вишневым вареньем, а потом — *разговоры* ведут. И не надо быть Прасковьей ясновидящей, чтобы догадаться, о чем и о *ком* они говорят...

И ведь таких людей *после всего* — сотни сотен. А с детьми да с мужьями-женами — тысячи тысяч. А это уже сила немалая, *учета* требующая. Тут думать наперед надобно, просчитывать ходы. И то, что их с мест нажитых столичных посогнали да по оренбургам-красноярскам распихали, это не выход, не *решение*. Одно слово: милостив Государь наш. Ну и слава Богу…

Все-таки задремать удалось.

Даже во сне что-то мелькающее и ускользающее видел. Но не белого коня — мелкое что-то, рассыпчатое, тоскливое…

Очнулся, когда уж посадку объявили. Глянул краешком глаза на пузырь с фильмом исторической — а там уж развязка, допрос в Тайном приказе, дыба, щипцы каленые, искаженное злобой лицо министра:

— Ненавижу… как я вас ненавижу!

И — финал, последние кадры: стоит Государь, еще молодой, на фоне пейзажа родного, залитого солнцем восходящим, стоит с *первым* кирпичом в руках, смотрит на Запад и произносит сокровенное:

– Великая Русская стена!

Приземляемся.

Встречает меня у самолета Потроха: молодой, краснощекий, курносый, с чубом перезолоченным. Сажусь в его «мерин», и, как всегда, чувство такое, что это моя машина. Déjà vu. Машины у опричников у всех одинаковы — что в Москве, что в Оренбурге, что в Оймяконе: четырехсотсильные «мерины»-купе цвета спелого помидора.

— Здорово, Потроха.

— Здорово, Комяга.

Все мы с друг другом завсегда на «ты», одна семья опричная. Хоть и раза в полтора я Потрохи старше.

— Что вы тут мышей не ловите? Стоило Чапыжу отъехать, все у вас встало.

— Не кипятись, Комяга. Тут дело сальное. У них крюк в Приказе. Чапыж с Приказом до последнего в хороших был. А я для них — никто. Плечо нужно.

— Так тебе левое плечо нужно, я ж из правого!

— Теперь неважно, Комяга. Главное — у тебя Печать. При спорной нужен опричник с полномочиями.

Знаю, проходили. Опричник с полномочиями. А это — Печать. Токмо у двенадцати опричных Печать имеется. В левой руке она, в ладони, под кожей. И отнять ее у меня токмо с рукою можно.

— Дьяку назначил?

— А как же. Через четверть часа белое толковище.

— Лекари?

— Все в норме.

— Поехали!

Потроха лихо выруливает, выезжает из ворот аэропорта на тракт, дает газу. Несемся мы из аэропорта не в Оренбург, своими пуховыми платками да красавицами узкоглазыми, русско-китайскими знаменитый, а в противоположную сторону. По дороге Потроха мне дело поподробнее излагает. Давненько не работал я с таможней, давненько. Много *нового* за это время появилось. Много того, о чем мы раньше и не догадывались. Появились, например, *прозрачные* нелегалы. Возник таинственный «экспорт пустых пространств». Субтропический воздух теперь в Сибири в цене — гонят *объемы* с этим воздухом. Гонят из Поднебесной какие-то приставки со *свернутыми желаниями*. Загадка! Слава Богу, нынешнее дело попроще.

За четверть часа домчал Потроха до Дороги. Я ее уж, поди, года три как не видел. И каждый раз, когда вижу, — дух захватывает. Дорога! Мощная эта вещь. Идет она из Гуанчжоу через Китай, ползет через Казахстан, через Южные ворота в Южной стене нашей, потом — через Россию-матушку и до самого Бреста. А там — прямиком до Парижа. Дорога Гуанчжоу — Париж. С тех пор как все мировое производство всех главных вещей-товаров потихоньку в Китай Великий перетекло, построили эту Дорогу, связующую Европу с Китаем. Десятиполосная она, а под землею — четыре линии для скоростных поездов. Круглые сутки по Дороге ползут тяжелые трейлеры с товарами, свистят подземные поезда серебристые. Смотреть на это — загляденье.

Подъезжаем ближе.

Дорога вся тройной защитой обнесена, охраняется от диверсантов, от киберпанков отмороженных. Въезжаем на отстойник. Красивый он, большой, стеклянный, для шоферов-дальнобойщиков специально обустроенный. Тут тебе и сад зимний с пальмами, и баня с бассейном, и харчевни китайские, и трактиры русские, и тренажерные залы, и дом терпимости с блядьми искусными, и гостиница, и кинозал, и даже каток ледяной.

Но мы с Потрохой в толковищную направляемся. А там уже сидят-ждут-пождут: дьяк из Таможенного приказа, подьячий оттуда же, нами *осаленный*, двое из Страховой палаты, сотник из Подорожного приказа и двое китайцев-представителей. Садимся с Потрохой, начинаем толковать. Входит китаянка *чайная*, заваривает чай белый, бодрость тела повышающий, разливает с улыбкой каждому. Дьяк таможенный *упирается слонярой*:

— Поезд чистый, у казахов претензий нет, договор сквозной, правильный.

Ясное дело, дьяку *просалили* весь поезд, все двенадцать трейлеров, до самого Бреста. Наше дело — задержать китайцев, чтобы они подорожную страховую просрочили, а тут и *наша* страховка навалится. А наша страховочка — 3%. Это на Дороге каждая собака знает. На эти-то 3% казна опричная *хорошо* поправляется. Да и не только опричная. Всем *правильным* хватает, перепадает. Эти самые 3% многие *правильные* расходы закрывают. А расходов у нас, у слуг Государевых, без счету. Разве дьяк таможенный, юанями нашпигованный, это понимать желает?

Сотник подорожный *наш*. Начинает *раскачивать*:

— У двух трейлеров китайский техосмотр липовый. Нужна экспертиза.

Китаец заступается:

— Техосмотр правильный, вот заключение.

Возникают в воздухе светящиеся иероглифы подтверждения. Я китайский разговорный освоил, ясное дело, как теперь без него. Но с иероглифами — болото. Потроха зато сноровист в китайском, выкопал заключение о замене второй турбины, высвечивает его *хаврошечкой*:

— Где сертификат качества? Адрес производства? Номер партии?

— Шаньтоу, завод «Красное богатство», 380–6754069.

М-да. Турбина «родная». С техосмотром не получается. Сложно стало работать на Дороге. Раньше эти трейлеры просто калечили: то шину проколют, то стукнут, то водиле в харчевне в лапшу дури подсыплют. Теперь за этим *смотрят*. Ну да ничего. У нас есть свое, старое доброе. Чай-то подает *осаленная* сяоцзе[1].

— Господа, считаю разговор исчерпанным, — дьяк произносит, а сам — за сердце.

Засуетились: что такое?

— Приступ сердечный!

Вот те раз. А сяоцзе даже и не покраснела. Кланяется, уносит свой чайный столик. Лекари возникают, уносят дьяка. Стонет, бледный. Мы успокаиваем:

---

[1] Девушка (*кит.*).

— Поправитесь, Савелий Тихонович!

Конечно, поправится, а как же. Китайцы встают — дело кончено. Ан нет. Теперь — наш черед: последний вопрос к *осаленному* подьячему:

— Кстати, господин подьячий, а подорожная-то, похоже, задним числом подписана.

— Что вы говорите? Не может быть! Ну-ка, ну-ка… — таращит подьячий бельма на подорожную, наводит хаврошечку на документ. — Точно! Синяя метка смазана! Ах, разбойники! Обвели вокруг пальца доверчивого Савелия Тихоновича! Обмишурили! Объегорили! Цзуйсин![1]

Вот так теперь дело-то оборачивается. Забормотал китаец:

— Не может быть! Подорожная заверена обеими погрануправами!

— Ежели представитель российской таможни заметил несоответствие, требуется двусторонняя экспертиза, — отвечаю. — При спорной ситуации нашу сторону в этом случае представляю я, опричник с полномочиями.

Китайцы в панике: времени на это уйма уйдет, страховка китайская истечет. А новую подорожную составить — это вам не пирог с вязигой состряпать. Тут и санинспекция требуется, и техосмотр, и опять-таки пограничный досмотр, и виза Антимонопольной палаты. Ну и все к одному:

---

[1] Преступление! (*кит.*)

— Страхуйтесь, господа.

Китайцы — в вой. Угрозы. Кому, кому ты грозишь, шаби[1]? Жалуйся кому угодно. Сотник из Подорожного приказа китайцев *сопливит*:

— Российская страховка — наилучшая защита от киберпанков.

Китайцы скрежещут:

— Где Печать?!

Так какого рожна я, спрашивается, летел сюда? Вот Печать: левая ладонь моя ложится на квадрат матового стекла, оставляя на нем Малую Государственную Печать. И нет больше вопросов. Перемигиваемся с Потрохой: 3% наши! Выкатываются китайцы с мордами перекошенными, уходит подьячий, свое *сальное* дело сделавший. Выходят и все остальные. Остаемся токмо мы с Потрохой.

— Спасибо, Комяга, — сжимает мне запястье Потроха.

— Слово и Дело, Потроха.

Допиваем чай, выходим на воздух. Здесь у них похолоднее, чем в Москве. С таможенниками у нас, опричных, *старая* война. И конца ей не видно. А все потому, что таможенные под братом Государевым Александром Николаевичем ходят. И будут еще долго ходить. А Александр свет Николаевич нашего Батю на дух не переваривает. Что-то там у них *было* такое, что сам Государь помирить их не

---

[1] Мудак (*кит.*).

в силах. И ничего не попишешь — была война, есть и будет...

— Отдохнуть бы надобно. — Потроха чешет свой чуб перепозолоченный, сдвигает шапку соболиную на затылок. — Поехали в баньку. Там массажист ухватистый. Есть две гуняночки[1].

Достает мобило, показывает. В воздухе возникают две очаровательные китаянки: одна голая едет на буйволе, другая голая стоит под струящимся водопадом.

— А? — подмигивает Потроха. — Не пожалеешь. Лучше ваших московских. Девственницы вечные.

Смотрю на часы: 15:00.

— Нет, Потроха. Мне сегодня еще в Тобол лететь, а потом в Москве *звезду* гасить.

— Ну как знаешь. Тогда — в аэропорт?

— Туда.

Пока он меня везет, смотрю расписание рейсов, выбираю. Попадаю в часовой перерыв, но задерживаю вылетающий самолет: подождут, ядрен корень. Прощаемся с Потрохой, сажусь в самолет Оренбург — Тобол, связываюсь со службой безопасности Прасковьи, предупреждаю, чтобы встречали. Вставляю наушники, заказываю «Шахерезаду» Римского-Корсакова. И засыпаю.

---

[1] Гунян — девица (*кит.*).

Нежным прикосновением руки будит стюардесса:

— Господин опричник! Мы уже сели.

Прекрасно. Глотнув родниковой водички «Алтай», покидаю самолет, ступаю на дорожку самодвижущуюся, и привозит она меня в громадное здание аэропорта «Ермак Тимофеевич». Новый аэропорт, только что китайцами построенный. Бывал я здесь уж трижды. И все по тому же делу — из-за ясновидящей.

Возле громадной фигуры Ермака со светящимся мечом ждут меня два мордоворота из службы безопасности великой прорицательницы. Несмотря на то, что каждый из них выше меня на голову и в два раза шире, рядом с сапогом гранитного Ермака Тимофеевича они — две мышки полевые в красных кафтанах.

Подхожу. Кланяются, ведут к машине. На выходе успеваю глотнуть тобольского воздуха: еще холодней, чем в Оренбурге. Аж целых минус тридцать два. Вот вам и глобальное потепление, о котором чужеземцы талдычат. Есть еще снег-мороз в России, господа, не сомневайтесь.

Сажают меня в мощный китайский внедорожник «Чжу-Ба-Цзе» с бампером, на кабанье рыло смахивающим. Такие внедорожники теперича по всей Сибири ездят. Надежны они, безотказны и в лютые морозы, и в жару. Сибиряки их «кабанами» называют.

Едем сперва по автостраде, потом на тракт поуже сворачиваем. «Стучит» мне тысячник из Москвы: к гашению *звезды* все готово, концерт в 20:00. Ясно, но к началу-то еще успеть надобно.

Тракт тянется через перелески, потом вползает в тайгу. Едем молча. Стоят кругом сосны, елки да лиственницы, снегом покрытые. Хорошо. Но солнышко уже к закату склонилось. Еще часик — и стемнеет. Проехали верст десять. Сворачивает наш «Чжу-Ба-Цзе» на проселочную дорогу заснеженную. Мой столичный «мерин» тут сразу сядет. А «кабану» хоть бы что — колеса полуторааршинные месят снег, как мясорубка. Прет кабан китайский по русскому снегу. Едем версту, другую, третью. И расступается вдруг тайга вековая. Приехали! На поляне широкой воздымается терем причудливый, из вековых сосен рубленный, с башенками затейливыми, с оконцами решетчатыми, с наличниками резными, с медной крышей чешуйчатой, петухами да флюгерами разукрашенной. Окружен терем тыном десятиаршинным, из толстенных да заостренных кверху бревен составленным. Такой тын ни человек, ни зверь не перелезут. Разве что каменный Ермак Тимофеевич перешагнуть попытается, да и тот яйца свои гранитные пообдерет.

Подъезжаем к воротам тесовым, широченным, железом кованым обитым. Посылает «Чжу-Ба-Цзе» сигнал невидимый, неслышимый. Расходятся створы ворот. Въезжаем на двор усадьбы Прасковьи. Обступает машину стража в костюмах китайских, с мечами да палицами шипастыми. Все внутренние стражники у ясновидящей — китайцы, мастера кунг-фу. Выхожу из «кабана», поднимаюсь по ступеням крыльца резного, деревянными зверями сибирскими украшенного. Но все звери тут — исключительно в гармонии любви пребывающие. Не крыльцо — диво дивное! Тут и рысь, косуле лоб вылизывающая, и волки, с кабаном играющие, и зайцы, с лисой целующиеся, и рябчик, на горностае сидящий. Два медведя поддерживают столбы крыльца.

Вхожу.

Внутри — совсем по-другому. Нет тут ничего резного, деревянного, русского. Голые гладкие стены, камнем-мрамором отделанные, каменный пол, зеленым подсвеченный, потолок черного дерева. Горят светильники, курятся благовония. Струится водопад по стене гранитной, белеют лилии в водоеме.

Неслышно приближаются ко мне слуги ясновидящей. Словно тени они из мира загробного: прохладны их руки, непроницаемы лица. Забирают у меня оружие, мобило, кафтан, куртку, шапку, сапоги. Остаюсь я в рубахе, в портах да в носках козьих. Протягиваю руки назад. Надевают на меня слуги бесшумные шелковый халат китайский, застегивают пуговицы матерчатые, обувают ноги в мягкие тапочки. Так здесь заведено со всеми. И графы, и князья, и вельможи столичные из Круга Внутреннего в халаты переодеваются, когда ясновидящую посещают.

Прохожу внутрь дома. Как всегда — пусто и тихо. Стоят в полумраке вазы китайские, звери, из камня точенные. Виднеются на стенах иероглифы, о мудрости и вечности напоминающие.

Голос китайца:

— Госпожа ждет вас возле огня.

Значит, опять в каминной говорить будем. Любит она перед огнем разговоры вести. Или — просто мерзнет? Хотя на огонь смотреть — удовольствие большое. Как наш Батя говорит — три вещи есть, на которые хочется смотреть и смотреть неотрывно: огонь, море и чужая работа.

Проводят меня бесшумные стражники в каминную палату. Сумрачно здесь, тихо. Только поленья в камине широком горят, потрескивают. Да это не токмо поленья, а и книги. Книги вперемешку с дровами березовыми — как всегда у ясновидящей. И рядом с камином — стопка поленьев да стопка книг. Интересно, что сегодня жжет ясновидящая? Прошлый раз она поэзию жгла.

Двери открываются, *шорох* раздается. Пришла.

Оборачиваюсь. Движется на меня ясновидящая Прасковья на неизменных светящихся синим костылях своих, волоча ноги истончившиеся по полу, вперившись в меня неподвижно-веселыми глазами своими. Шорх, шорх, шорх. Это ноги ее по полу гранитному волочатся. Это ее *звук*.

— Здравствуй, голубь.

— Здравствуй, Прасковья Мамонтовна.

Плавно движется она, словно на коньках по льду скользит. Подходит совсем близко, замирает. Гляжу в лицо ее. Необыкновенное это лицо. Другого такого нет во всей России. Ни женское оно и ни мужское, ни старое и ни молодое, ни грустное и ни веселое, ни злое и ни доброе. Вот глаза ее зеленые — веселы всегда. Ну да это веселье нам, простым смертным, непонятно. Что стоит за ним — одному Богу известно.

— Прилетел?

— Прилетел, Прасковья Мамонтовна.

— Садись.

Сажусь в кресло перед камином. Она опускается на свой стул из темного дерева. Кивает слуге. Тот берет книгу из стопки, кидает в огонь.

— Опять со старым делом?

— С тем самым.

— Старое, оно как камень в воде. Рыбы вокруг камня того плещутся, а вповерх птицы небесные летают, в воздухе белом играют, птицы подробные, людям подобные. Люди-то вращаются, да назад не возвращаются. Живут себе славно да бормочут неисправно, валятся рядами, обкладываются гробами, в землю уходят, из баб снова приходят.

Замолчала она, в огонь смотрит. Молчу и я. Перед нею всегда какая-то робость в душе пробуждается. Я перед Государем так не робею, как перед Прасковьей.

— Опять волосы привез?

— Привез.

— И рубашку?

— И рубаху нательную привез, Прасковья Мамонтовна.

— Рубашка нательная — от всего отдельная, живет-поживает, ума наживает, прокиснет-состарится, в кипяток отправится, просушится, прогладится, на милого наладится, к телу прижмется, добром отзовется.

Смотрит в огонь. А там горит книга Федора Михайловича Достоевского «Идиот». Занялась с торцов, обложка уж дымится. Снова делает ясновидящая знак слуге. Бросает он в огонь еще одну книгу: Лев Николаевич Толстой, «Анна Каренина». Падает книга увесистая в угольный жар оранжевый, лежит, лежит, а потом сразу вся и вспыхивает. Гляжу завороженно.

— Что смотришь? Или не жег никогда книг?

— У нас, Прасковья Мамонтовна, токмо вредные книги жгут. Похабные да крамольные.

— А эти, по-твоему, полезные?

— Классика русская полезна для государства.

— Голубь, книги должны быть только деловые: по плотницкому делу, по печному, по строительному, по электрическому, по корабельному, по механическому, по ткацкому, по шацкому, по прейному, по литейному, по трошному да брошному, по кирпичному да по пластичному.

Не спорю с ней. Остерегаюсь. Она всегда права. Осерчает — ей человека взашей вытолкать ничего не стоит. А мне — дело важное справить надобно.

— Чего молчишь?

— А что… говорить-то?

— Ну, расскажи, что там у вас в Москве творится?

Знаю, что в доме у ясновидящей нет ни пузырей новостных, ни радио. Это во-первых. А во-вторых — не любит она нас, опричных. Ну да не она одна. И слава Богу…

— В Москве жизнь благополучная, люди живут в достатке, бунтов нет, строится новый тракт подземный от Савеловского вокзала до Домодедова...

— Я не про то, голубь, — перебивает она меня. — Скольких убили сегодня? Я ж чую — от тебя парной кровью тянет.

— Придавили одного столбового.

Смотрит она на меня внимательно, произносит:

— Придавили одного, а вывели десять. Кровь кровью не покроется. Кровь на крови закроется. Закроется, замается, упреет — поправится. Залечится коркою, обернется опоркою, прорвется, треснет, новой кровью воскреснет.

И снова в огонь вперивается. Ее не поймешь: прошлый раз меня чуть не выгнала, узнав, что на Лобном месте шестерых дьяков из Торговой палаты *отделали*. Шипела, что кровопийцы мы *темные*. А позапрошлый раз, узнав про казнь дальневосточного воеводы, сказала — мало...

— Государь ваш — белая береза. А на березе той сук сухой. А на суку коршун сидит, белку живую в спину клюет, белка зубами скрипит, если послушать ухом чистым — в скрипе том два слова различимы: «ключ» и «восток». Понимаешь, голубь?

Молчу. Ей говорить всякое позволено. Бьет она меня своей рукой подсохшей по лбу:

— Думай!

Что тут думать? Думай не думай, все равно ни черта не поймешь.

— Что между словами этими помещается?

— Не разумею, Прасковья Мамонтовна. Может… дупло?

— Умом ты прискорбен, голубь. Не дупло, а Россия.

Вон оно что… Россия. Коли — Россия, я очи долу сразу опускаю. В огонь гляжу. А там горят «Идиот» и «Анна Каренина». И сказать надобно — хорошо горят. Вообще книги хорошо горят. А уж рукописи — как порох. Видал я много костров из книг-рукописей — и у нас на *дворе*, и в Тайном приказе. Да и сама Писательская палата жгла на Манежной, от собственных крамольников очищаясь, нам работу сокращая. Одно могу сказать — возле книжных костров всегда как-то тепло очень. *Теплый* огонь этот. А еще теплее было восемнадцать лет тому назад. Тогда на Красной площади жег народ наш свои загранпаспорта. Вот был кострище! На меня, подростка, тогда это сильное впечатление произвело. В январе, в крутой мороз несли люди по призыву Государя свои загранпаспорта на главную площадь страны да и швыряли в огонь. Несли и несли. Из других городов приезжали, чтобы в Москве-столице сжечь наследие Белой Смуты. Чтобы присягнуть Государю. Горел тот костер почти два месяца…

Поглядываю на ясновидящую. Уставились ее глаза зеленые в огонь, про все забывши. Сидит, как мумия египетская. Но дело-то не ждет. Кашлянул.

Зашевелилась:

— Когда ты молоко пил последний раз?

Стал припоминать:

— Позавчера за завтраком. Но я, Прасковья Мамонтовна, молоко отдельно никогда не пью. Я его с кофием употребляю.

— Не пей молока коровьего. Ешь только масло коровье. Знаешь — почему?

Ничего я не знаю, ядрена вошь...

— Молоко коровье поет в изголовье: на сердце сяду, накоплю яду, разведу водой, накрою собой, помолюсь теленку, моему ребенку, от теленка кости придут в гости, косточки белые, на шелопутство смелые, прогремят, помрут, силу заберут.

Киваю:

— Не буду, не буду молока пить.

Берет она мою руку костлявой, но мягкой рукою своей:

— А масло ешь. Потому как коровье масло в силе не угасло, пахтаньем копится, вокруг оборотится, сожмется в комок, ляжет на полок, жиром взойдет, в печень войдет, под кожей отложится, силою умножится.

Киваю. Масло коровье я люблю. Особливо когда его на горячий калач намажешь, а потом на него сверху — икорки белужьей...

— Ну, давай твое дело.

Лезу за пазуху, вынимаю кисет синего шелка с инициалами Государыни. Достаю из кисета нательную мужскую рубашку тончайшей выделки и в бумажки завернутые две пряди волос: черные и русые. Берет Прасковья сперва волосы. Кладет на левую ладонь, перебирает пальцем, смотрит, шевелит губами, спрашивает:

— Как звать?

— Михаил.

Шепчет что-то она над волосами, смешивает их, зажимает в кулак. Потом приказывает:

— Чашу!

Шуршат слуги еле различимые. Приносят глиняную чашу с маслом кедровым, ставят на колени ясновидящей. Бросает она в масло волосы, берет чашу в костистые руки свои, подносит к лицу. Начинает:

— Пристань-прилепись-присохни на веки вечные сердце добра молодца Михаила к сердцу красны девицы Татьяны. Пристань-прилепись-присохни. Пристань-прилепись-присохни. Пристань-прилепись-присохни. Пристань-прилепись-присохни. Пристань-прилепись-присохни.

Берет Прасковья рубашку молодого сотника Кремлевского полка Михаила Ефимовича Скобло, кладет ее в масло. А чашу слугам отдает. Вот и дело все.

Переводит свои очи ясновидящая на меня:

— Скажи Государыне, что сегодня под утро пристанет к ее сердцу сердце Михаила.

— Спасибо, Прасковья Мамонтовна. Деньги будут, как всегда.

— Скажи, чтобы денег мне больше не посылала. Что мне их — в бочке солить? Пускай пришлет мне семян папоротника, сельди балтийской и книг. А то я свои уже все пожгла.

— А каких именно книг? — спрашиваю.

— Русских, русских...

Киваю, встаю. И начинаю волноваться: теперь и про свое спросить не грех. Но от Прасковьи ничего утаить нельзя.

— Что задергался? О своем решил заикнуться?

— Решил, Прасковья Мамонтовна.

— С тобой все ясно, сокол, и рта не раскрывай: девка от тебя на сносях.

Вот те и раз.

— Какая?

— А та, которая живет с тобой в одном доме.

Анастасия! Мать честная... Я же ей дал таблетки. Ах, тихая сапа... лоханка...

— И давно?

— Поболе месяца. Родит мальчика.

Молчу, в себя прихожу. Ну а что... бывает. Решим вопрос.

— Ты про службу хотел спросить?

— Да я...

— Все пока в норме у тебя. Но завистники есть.

— Знаю, Прасковья Мамонтовна.

— А коль знаешь — остерегайся. Машина у тебя сломается через недельку. Хворь подцепишь несильную. Ногу тебе просверлят. Левую. Денег получишь. Немного. Будешь бит по морде. Несильно.

— Кем?

— Начальником твоим.

Отлегло от сердца. Батя для меня — отец родной. Сегодня поколотит — завтра обласкает. А нога... это дело привычное.

— Все с тобой, голубь. Пшел вон.

Все, да не все. Последний вопрос. Не задавал я ей его никогда, а сегодня что-то пробило на него. Настрой серьезный. Собираюсь с духом.

— Ну, чего еще тебе? — смотрит в упор Прасковья.

— Что с Россией будет?

Молчит, смотрит внимательно.

Жду с *трепетом*.

— Будет ничего.

Кланяюсь, правой рукою пола каменного касаюсь.

И выхожу.

Назад долетел неплохо, хоть и народу в самолете было уже побольше. Пил пиво «Ермак», жевал соленый горох, смотрел фильму про наших доблестных менял из Казначейства. Как они с China Union Pay бились четыре года тому назад. Горячее было времечко. Опять китайцы хотели нас за горло взять, да не вышло у косоглазых. Казначейство наше выдюжило, ответило второй чеканкой. Засверкали тогда новые червонцы русским золотом в глазах раскосых. Дяодалянь![1] Дружба дружбой, как говорится, а казначейский табачок — врозь.

В Москве вечер.

Еду из Внуково в город, включаю радио вражеское.

---

[1] Хуй на рыло! (*кит.*)

Улавливает верный «мерин» мой шведскую радиостанцию «Парадигма» для наших интеллектуалов-подпольщиков. Сильный ресурс, семиканальный. Прохожусь по каналам сим. Сегодня у них юбилейный выпуск: «Русский культурный андеграунд». Все двадцати-, а то и тридцатилетней давности. Чтобы наша престарелая блядская колонна Пятая слезы проливала.

Первый канал передает книгу какого-то Рыкунина «Где обедал Деррида?» с подробнейшим описанием мест питания западного философа во время его пребывания в постсоветской Москве. Особенное место в книге занимает глава «Объедки великого». На втором канале — двадцатипятилетний юбилей выставки «Осторожно, религия!». Медалью «Пострадавшим от РПЦ» награждают какую-то старушку, участницу легендарной мракобесной выставки. Дрожащим голоском бабуля пускается в воспоминания, лепечет про «бородатых варваров в рясах, рвущих и крушащих наши прекрасные, чистые и честные работы». По третьему каналу идет дискуссия Випперштейна и Онуфриенко о клонировании жанра Большого Гнилого Романа, о поведенческой модели Сахарного Буратино, о медгерменевтическом адюльтере. На четвертом некто Игорь Павлович Тихий всерьез рассуждает об «Отрицании отрицания отрицания отрицания» в романе А. Шестигорского «Девятая жена». На пятом басит Барух Гросс про Америку, ставшую подсознанием Китая, и про Китай, ставший бессознательным России, и про Россию, которая до сих пор все еще является подсознанием самой себя. Шестой канал отдан щенкам человека-собаки, известного «художника» в годы Белой Смуты. Щенки воют что-то о «свободе телесного дискурса». И наконец, седьмой канал этого паскудного радио навсегда отдан поэзии русского минимализьма и конь-септ-уализьма. Свои стихи, состоящие в основном из покашливаний, покрякиваний и междометий, мрачновато-обреченным голосом читает Всеволод Некрос:

> бух бах бох —
> вот вам Бог.
> бих бух бах —
> вот вам Бах.
> пиф паф пах —
> вот вам Пах.
> И этого достаточно.

М-да... Что тут скажешь. Вот этим навозом, этой блевотиной, этой пустотой звенящей и питаются наши интеллектуалы-подпольщики. Полипы они уродливые на теле нашего здорового русского искусства. Минимализьм, парадигма, дискурс, конь-септ-уализьм... С раннего детства слышу я слова сии. Но что они означают — так до сих пор и не понял.

Да и что означает икона всей этой «интеллектуальной» своры, «Черный квадрат» католика Малевича, тоже понимать отказываюсь. Одно желание вызывает у меня «картина» сия — харкнуть в нее как можно сильнее...

А вот что такое «Боярыня Морозова» — как узнал в пятилетнем возрасте, так и знаю по сей день. Все это «современное» искусство не стоит и одного мазка нашего великого Сурикова. Когда плохо на душе, когда враги одолевают, когда круги злокозненные сужаются — забежишь на минутку в Третьяковку, подойдешь к великому полотну, глянешь: сани с боярыней непокорной едут по снегу русскому, мальчик бежит, юродивый двоеперстие воздымает, ямщик скалится... И пахнёт на тебя со стены Русью. Да так, что забудешь про все злободневное, суетное. Русский воздух вдыхают легкие. И больше ничего не надобно. И слава Богу...

Звонит-кнутобоит прима Козлова:

— Андрей Данилович, я собрала деньги.

Это хорошо. Договариваюсь, пересекаюсь возле Народной библиотеки, забираю кожаный кошель, набитый червонцами первой чеканки. Сойдет и первая.

Еду по Моховой.

Глядь, напротив университета старого кого-то сечь собираются. Интересно. Притормаживаю, подруливаю. На этом месте секут интеллигенцию. На Манежной, подалее, положено земских сечь, на Лобном — приказных. Стрельцы сами себя секут в гарнизонах. А прочую сволочь *парят* на Смоленской, Миусской, на Можайском тракте и в Ясеневе на рынке.

Подъехав, опускаю стекло, закуриваю. Народ расступается, чтоб мне виднее было: уважают нас, опричников. На помосте деревянном стоит Шка Иванов — известный палач московской интеллигенции. Здесь он постоянно сечет по понедельникам. Народ его знает и уважает. Шка Иванов здоров, белокож, широк в груди, приземист, кучеряв и в круглых очках. Зычным голосом зачитывает Шка приговор. Слушаю вполуха, поглядываю на народ. Понимаю только, что сечь положено какого-то подьячего Данилкова из Словесной палаты за «преступную халатность». Что-то важное он не так переписал, напутал, а потом скрыл. Вокруг интеллигентный народ толпится, много студентов, гимназисток. Сворачивает Шка приговор, прячет в карман, свистит. Появляется подручный Шка Иванова — Мишаня Кавычки. Высокий, узкоплечий, бритоголовый дылда с извечно глумливым выражением лица. Прозван так за то, что все говорит как бы в кавычках и после каждого слова двумя руками возле головы своей кавычки изображает, становясь в сей момент зело на зайца-русака похожим. Выводит Мишаня на цепи наказуемого Данилкова: обыкновенный подьячий с длинным носом. Крестится он, бормочет что-то.

Мишаня к нему громко обращается:

— Сейчас, земляк, мы тебя выпарим!

И сразу — кавычки пальцами делает.

— Выпарим так, что тебе станет похорошо!

И снова — кавычки. Хохочет народ, аплодирует. Студенты подсвистывают. Хватают палачи подьячего, привязывают. Шка усмехается:

— Ложись, ложись, ебаный компот!

Палачам и армейским старшинам в России ругаться по-матерному разрешено. Сделал Государь наш для них исключение ввиду тяжелой профессии.

Привязан Данилков, садится Мишаня ему на ноги, спускает штаны. Жопа, судя по шрамам, уж сечена не раз у подьячего. Стало быть, не впервой Данилкову *париться*. Свистят студенты, улюлюкают.

— Вот так, земляк, — говорит Мишаня. — Изящная словесность — это тебе не мотоцикл!

Размахивается Шка кнутовищем и начинает сечь. Да так, что засмотришься. Знает свое дело палач, любит. Уважение народное ладной работой своей вызывает. Гуляет кнут по жопе подьячей: сперва слева, потом справа. Аккуратная решетка на жопе образуется. Визжит и воет Данилков, багровеет длинный нос его.

Но — пора в путь. Бросаю окурок нищему, сворачиваю на Тверскую, еду дальше. Путь мой лежит к концертному залу на Страстном бульваре. Там уж к концу подходит выступление *звезды*. Подъезжаю, связываюсь с «добромольцами», уточняю детали. Все у них вроде бы готово. Ставлю машину, прохожу со служебного входа. Встречает меня шестерка от «добромольцев», проводит в зал. Сажусь в четвертом ряду с краю.

На сцене *звезда*. Сказитель народный, баян и былинник Савелий Иванович Артамонов, а по-народному — Артамоша. Седовлас он, белобород, осанист, красив лицом, хоть и немолод. Сидит на своей неизменной липовой скамеечке в черного шелка косоворотке, с неизменной пилой в руках. Проводит Артамоша по пиле смычком — и поет пила тонким голосом, зал завораживающим. И под завораживающий этот вой пилы нараспев, глубоким, грудным, неторопливым голосом продолжает Артамоша сказывать-напевать очередную былину свою:

Глядь, дошла Лиса свет Патрикеевна,
охти ж ли, ох,
До кремлевской до псарни приземистой,
охти ж мне, ох...
Из могучих из бревен посложенной, охти ж ли.
Все окошки на псарне малехоньки, охти ж ли.
Все решетками крепкими забраны, охти ж ли.
Двери все там толстыя-дубовыя, охти ж ли!
Все замками пудовыми позамкнуты,
любушка-голубушка моя...

Запрокидывает Артамоша белую голову свою назад, глаза зажмуривает, плечами статными поводит. Поет пила его. А народ в зале уже *дошел*: спичку кинь — сейчас полыхнет. В передних рядах старые поклонники Артамоши сидят, раскачиваются в такт пиле, подвывают. В середине зала какая-то полоумная причитает. В задних рядах всхлипывают с подвизгом и кто-то бормочет злобно. Трудный зал. Как «добромольцы» здесь работать будут — ума не приложу.

А и как замки те отомкнуть-открыть, мамечина моя?
Как те двери дубовые отпереть-растворить,
бабечина моя?
Как в окошки те пролезть-проползти, засечина моя?
Как тот сруб подрыть-подкопать, овечина моя?

Поглядываю в зал краем глаза, присматриваюсь: «добромольцы» в центре засели. В первые ряды их артамоновцы не пустили, ясное дело. Судя по мордам «добромольцев» — много их сюда наползло. Видать, решили числом взять, как у них обычно и бывает. Дай-то Бог. Поглядим, посмотрим…

А и отхаркивает Лиса свет Патрикеевна, охти ж ли,
Златой ключик да из себя изблевывает, охти ж ли,
Отмыкает им замок пудовый из черна железа,
охти ж ли,
Отворяет дверь дубовую, охти ж ли мне ох,
Да и входит-пробирается во псарню
во кремлевскую,
К кобелям крепко спящим да во тьме лежащим…

Зал начинает подпевать: «К кобелям, к кобелям, к кобелям!» Заворочались первые ряды, сзади вскрикивают, плачут, причитают. Почти рядом со мною богато одетая толстуха крестится, поет и раскачивается. Артамоша играет на пиле, голову назад так запрокидывает, что кадык видать:

> К кобелям крепко спящим, да во сне лежащим...
> К кобелям холеным, хорошо кормленым.
> К кобелям поджарым, к кобелям нестарым.
> Теребит их блядским теребом!
> Теребило им делает, охти ж ли, ох...
> Ох, теребило делает паскудное...

Еще чуть-чуть — и зал взорвется. Чую, что сижу на бочке пороховой. А «добромольцы» все молчат, бараны...

> Как проснулись кобели, охти ж ли,
> Как очнулись кобели, охти ж ли...

Артамоша открывает глаза, делает паузу, обводит зал своим пристальным взором. Пила его взвизгивает.

> Как набросились на Лису на Патрикеевну!
> Как зачали еть ее во псарне той!
> Во калу собачьем!
> Во углу во смрадном!
> А она довольна!
> Вы еще поддайте!
> Горячей да чаще!
> Много мне не будет!
> Всех вас успокою!

Я на все готова!

Сраму не имею!

Все мои кобели!

Все мои кобели!

Все мои кобели!

Артамоша кричит хрипло, пила его визжит. Зал взрывается. В первых рядах выкрики: «Так ее, суку! Так, позорницу!» Кто крестится и плюется, кто голосит, кто подпевает: «Все мои кобели!» И вот тут-то наконец поднимается тысячник «добромольцев» по прозвищу Хобот и бросает в Артамошу гнилой помидор. В грудь баяну попадает овощ. И как по команде поднимаются разом все «добрые молодцы», вся середина зала, и обрушивают на Артамошу красный град из помидоров. Миг — и Артамоша весь красным становится.

Зал охает.

А тысячник Хобот орет так, что морда его добрая багровеет от крика:

— Поха-а-а-абень!!! Покл-е-е-ееп на Госуда-а-а-арыню!!!

«Добромольцы» вослед Хоботу:

— Поклеп! Крамола! Слово и Дело!

Замирает зал. Я тоже замираю. Артамоша сидит на скамеечке своей весь в помидорах. И вдруг руку поднимает. Сам встает. Вид его такой, что стихают «добромольцы» как по команде. Лишь Хобот пытается кричать: «Поклеп!», но голос его одинок. И я уже нутром чую — дело провалено.

— Вот они, кобели кремлевские! — громко произносит Артамоша и показывает в середину зала красным пальцем.

И словно взрыв атомный в зале происходит: кидаются все на «добрых молодцев». Лупят их, метелят в хвост и в гриву. Отбиваются они, да тщетно. А еще как на грех сели, мудаки, в середину да в окружение и попали. Плющат их со всех сторон. Стоит Артамоша на сцене во помидорах, словно красный Георгий Победоносец. Толстуха, что возле меня сидела, лезет с визгом в гущу:

— Кобели! Кобели!

Все ясно. Я встаю. И выхожу.

Не всегда концы с концами сходятся. Не всегда все получается в трудной и ответственной работе нашей. Моя вина — не проинструктировал, не проинспектировал. Не упредил. Ну да некогда было — за Дорогу бился. Так Бате и сказал в оправдание. Хотел было опосля заехать Хоботу по хоботу для ума, да пожалел — ему и так попало. От народа.

М-да... Артамоша круто забирает, с огнем играет. Дошел до крайности. До того, что пора *гасить* его. А ведь начинал-то, подлец, как подлинно баян народный. Пел сперва старые русские былины канонические про Илью Муромца, про Буслая, про Соловья Будимировича. Снискал славу по всей Руси Новой. Заработал хорошо. Отстроился в двух местах. Обрел высших покровителей. И тут-то ему жить бы поживать да в славе народной купаться, ан нет — попала шлея под хвост Артамоше. И стал он обличителем нравов. Да и не простым, а обличителем Государыни нашей. Выше, как говорится, падать некуда. А Государыня наша... то история отдельная. Горькая.

По большому счету, по государственному — не повезло Государю нашему. Не повезло *страшно*. Одно темное пятно в Новой России нашей — Государева супруга. И пятно это никак ни смыть, ни залепить, ни вывести. Токмо ждать, терпеть да надеяться...

Свист-удар-стон.

Красный сигнал мобилы.

Государыня!

Легка на помине, прости Господи... Всегда звонит, как только я об ней задумаюсь. Мистика! Крещусь, включаюсь, отвечаю, голову склоняя:

— Слушаю, Государыня.

Возникает в машине лицо ее дебелое, волевое, с усиками вповерх алых губ плотоядных:

— Комяга! Где ты?

Голос у нее грудной, глубокий. Видно по всему, что только что проснулась *мама* наша. Глаза красивые, черные, в бархатных ресницах. Блестят глаза эти всегда *сильным* блеском.

— Еду по Москве, Государыня.

— У Прасковьи был?

— Был, Государыня. Все исполнил.

— Почему не докладываешь?

— Простите, Государыня, только что прилетел.

— Лети сюда. Мухой.

— Слушаюсь.

Опять в Кремль. Сворачиваю на Мясницкую, а она вся забита — вечер, час пик, ясное дело. Сигналю госгипертоном, расступаются перед моим «мерином» с собачьей головой, пробиваюсь неуклонно к Лубянской площади, а там встаю намертво: пробище-уебище, прости Господи. Постоять придется.

Снежок припорашивает, на машины оседает. И по-прежнему на площади Лубянской стоит-высится Малюта наш бронзовый, сутулый, озабоченный, снежком припорошенный, смотрит пристально из-под нависших бровей. В его времена пробок автомобильных не было. Были токмо пробки винные...

На здании «Детского мира» огромное стекло с рекламою живой: байковые портянки «Святогор». Сидит на лавке кучерявый молодец, девица-краса в кокошнике опускается перед ним на колено с новою портянкой в руках. И под тренканье балалайки, под всхлипы гармоники протягивает молодец босую ногу свою. Девица оборачивает ее портянкой, натягивает сапог. Голос: «Портянки торгового товарищества "Святогор". Ваша нога будет как в люльке!» И сразу — колыбельная, люлька плетеная с ногой, в портянку завернутой, покачивается: баю-бай, баю-бай... И голос девицы: «Как в люльке!»

Взгрустнулось чего-то… Включаю телерадио «Русь». Заказываю «минуту русской поэзии». Нервического склада молодой человек декламирует:

Туманом залиты поля,
Береза ранена.
Чернеет голая земля —
Весна не ранняя.
Березе раскровили бок —
Топор зазубренный.
По лезвию стекает сок,
Зовет к заутрене.

Поэт из новых. Ничего, с настроением… Одно непонятно — почему сок березовый зовет к заутрене? К заутрене звон колокольный звать должен. Замечаю впереди регулировщика в светящейся шинели, вызываю его по госсвязи:

— Старшина, расчисти мне путь!

Вдвоем с ним — я госгиперсигналом, он жезлом — прокладываем дорогу. Выруливаю к Ильинке, пробиваюсь через Рыбный и Варварку к Красной площади, въезжаю через Спасские, несусь к хоромам Государыни. Бросаю машину привратникам в малиновых кафтанах, взбегаю по крыльцу гранитному. Стражники в ливреях раззолоченных отворяют первую дверь, влетаю в прихожую, розовым мрамором отделанную, останавливаюсь перед второй дверью — прозрачной, слабо сияющей. Дверь эта — сплошной луч, от потолка до пола зависший. Стоят по краям двое сотников из Кремлевского полка, смотрят сквозь меня. Привожу в порядок дыхание и мысли, прохожу сквозь дверь светящуюся. От луча этого широкого ничто не утаится — ни оружие, ни яд, ни умысел злой.

Вступаю в хоромы Государыни нашей.

Встречает меня поклоном статная приспешница Государыни:

— Государыня ждет вас.

Ведет сквозь хоромы, через комнаты и залы бесчисленные. Раскрываются двери сами, бесшумно. И так же бесшумно закрываются. И вот — сиреневая спальня Государыни нашей. Вхожу. А передо мною на широком ложе — супруга Государя нашего.

Склоняюсь в долгом поклоне земном.

— Здравствуй, душегуб.

Она так всех нас, опричных, именует. Но не с порицанием, а с *юмором*.

— Здравы будьте, Государыня Татьяна Алексеевна.

Поднимаю очи. Возлежит Государыня наша в ночной сорочке шелку фиолетового, под нежно-лиловый цвет спальни подходящего. Волосы черные у ней слегка растрепаны, по плечам большим ниспадают. Одеяло пуховое откинуто. На постели — веер японский, китайские нефритовые шары для перекатывания в пальцах, золотое мобило, спящая левретка Катерина и книжка Дарьи Адашковой «Зловещие мопсы». Держит в пухлых белых руках своих Государыня наша табакерку золотую, брильянтовыми прыщами осыпанную. Достает из табакерки щепоть табаку, запускает в ноздрю. Замирает. Смотрит на меня своими влажными черными очами. Чихает. Да так, что сиреневые подвески на люстре вздрагивают.

— Ох, смерть… — откидывает Государыня голову свою на четыре подушки.

Отирает ей приспешница нос платком батистовым, подносит рюмку коньяку. Без этого утро у Государыни нашей не начинается. А утро у нее — когда у нас вечер.

— Тань, ванну!

Приспешница выходит. Государыня коньячок лимоном закусывает, руку мне протягивает. Подхватываю руку ее тяжкую. Опираясь на меня, встает с ложа. Хлопает в ладони увесисто, идет к двери сиреневой. Открывается дверь. Вплывает туда Государыня наша. Дородна она телом, высока, статна. Телесами обширными, белыми не обделил ее Господь.

Стоя в опочивальне, провожаю взглядом широкую Государыню нашу.

— Чего встал, ступай сюда.

Иду покорно за ней в просторную беломраморную ванную. Тут уже две другие приспешницы суетятся, ванну готовят, открывают шампанское. Берет узкий бокал Государыня, садится на унитаз. Всегда так у нее — сперва немного коньяку, потом уже шампанского. Справляет нужду Государыня, отпивая из бокала. Встает:

— Ну, чего молчишь? Рассказывай.

А сама руки белые свои вверх подымает. Вмиг снимают приспешницы с нее сорочку ночную. Опускаю очи долу, успевая в очередной раз заметить, сколь пышно и белокоже тело Государыни нашей. Ой, нет такого другого… Спускается она по ступеням мраморным в ванну наполненную. Садится.

— Государыня, все исполнил. Прасковья сказала — сегодня ночью. Сделала все как надо.

Молчит Государыня. Пьет шампанское. Вздыхает. Так, что пена в ванной колышется.

— Ночью? — переспрашивает. — Это… по-вашему?

— По-нашему, Государыня.

— По-моему, значит, — в обед… Ладно.

Снова вздыхает. Допивает бокал. Подают ей новый.

— Чего просила ясновидящая?

— Сельди балтийской, семян папоротника и книг.

— Книг?

— Да. Для камина.

— А-а-а… — вспоминает она.

Входит без стука главная приспешница:

— Государыня, дети пришли.

— Уже? Зови сюда.

Приспешница удаляется и возвращается с десятилетними близнецами — Андрюшей и Агафьей. Близнецы вбегают, кидаются к матери. Воздымается

Государыня из ванны, обнажаясь по пояс, грудь *обширнейшую* прикрывая, дети целуют ее в щеки:

— С добрым утром, мамочка!

Обнимает она их, бокал с шампанским не выпуская:

— С добрым утром, родные. Припозднилась я сегодня, думала, позавтракаем вместе.

— Мам, мы уже поужинали! — кричит ей Андрюша и бьет ладонью по воде.

— Ну и славно… — отирает она брызги пены с лица.

— Мамуль, а я в «Гоцзе»[1] выиграла! Я нашла баоцзянь[2]!

— Хаоханьцзы[3]. — Государыня целует дочь. — Минмин[4].

Китайский у Государыни нашей довольно-таки старомодный…

— А я в «Гоцзе» уж давно выиграл! — Андрюша плещет водой на сестру.

— Шагуа![5] — плещет ответно Агафья.

— Гашенька, Андрюша… — морщится, изгибая красивые черные брови, Государыня, по-прежне-

---

[1] «Гоцзе» («Государственная граница») — китайская 4D-игра, ставшая популярной в Новой России после известных событий ноября 2027 года.

[2] Меч (*кит.*).

[3] Умница (*кит.*).

[4] Прекрасно (*кит.*).

[5] Дурак (*кит.*).

му прикрывая грудь и в ванну погружаясь. — Где папа?

— Папа у войнушкиных! — Андрюша вытаскивает из кобуры игрушечный пистолет, целится в меня. — Тью-у-у-у!

Красный луч наведения упирается мне в лоб. Я улыбаюсь.

— Пу! — нажимает Андрюша спуск, и крохотный шарик попадает мне в лоб.

И отскакивает.

Я улыбаюсь будущему наследнику государственности российской.

— Где Государь? — спрашивает Государыня у стоящего за дверью наставника.

— В Войсковом приказе, Государыня. Нынче юбилей Андреевского корпуса.

— Так. Значит, некому со мной позавтракать... — вздыхает Государыня, беря с золотого подноса новый бокал с шампанским. — Ладно, подите все...

Дети, слуги и я направляемся к двери.

— Комяга!

Оборачиваюсь.

— Позавтракай со мной.

— Слушаюсь, Государыня.

Ожидаю Государыню нашу в малой столовой. Честь мне *невиданная* оказана — разделить утреннюю трапезу с госпожой нашей. Завтракает Государыня вечером обычно если не с Государем, то с кем-нибудь из Внутреннего Круга — с графиней Борисовой или с княгиней Волковой. С приживалками своими многочисленными она только полдничает. А это уже сильно за полночь. Ужинает Государыня наша всегда с восходом солнца.

Сижу за столом, к завтраку готовым, розами белыми убранным, золотой посудой и хрусталем сервированным. Стоят у стен четверо слуг в кафтанах изумрудно-серебристых.

Уж сорок минут минуло, а Государыни все нет. Долго правит она утренний туалет свой. Сижу, думаю о госпоже нашей. Сложно ей по многим причинам. Не только из-за женской *слабости*. Но и из-за крови. Государыня наша иудейка наполовину. И никуда от этого не денешься. Отчасти поэтому столько пасквилей на нее пишется, столько сплетен и слухов рассеивается по Москве да по России.

Я к евреям всегда спокойно относился. Отец мой упокойный тоже жидоедом не был. Говаривал, бывалоча, что каждый, кто играет на скрипке более десяти лет, автоматически евреем становится. Маманя также, вечная память ей, евреев спокойно воспринимала, но говаривала, что для государства нашего опасны не жиды, а *поджидки*, которые, будучи по крови русскими, ходят под жидами. А дедушка-математик, когда я отроком не хотел немецким языком заниматься, декламировал стишок, им самим сочиненный, пародирующий известное стихотворение[1] советского поэта Маяковского:

Да будь я
евреем
преклонных годов,
И то —
nicht zweifelnd und bitter[2],

---

[1] Да будь я хоть негром преклонных годов, и то без унынья и лени я русский бы выучил только за то, что им разговаривал Ленин.

[2] Без сомнения и горечи (*нем.*).

Немецкий
я б выучил
только за то,
Что им разговаривал
Гитлер.

Но не все были такими жидолюбами, как родственники мои. Случались и *проявления*, да и кровь иудейская на земле российской проливалась. Все это тянулось и тлело вплоть до Указа Государева «О именах православных». По указу сему все граждане российские, не крещенные в православие, должны носить не православные имена, а имена, соответствующие национальности их. После чего многие наши Борисы стали Барухами, Викторы — Авигдорами, а Львы — Лейбами. Так Государь наш премудрый решил окончательно и бесповоротно еврейский вопрос в России. Взял он под крыло свое всех умных евреев. А глупые рассеялись. И быстро выяснилось, что евреи весьма полезны для государства Российского. Незаменимы они в казначейских, торговых и посольских делах.

Но с Государыней — другое дело. Тут даже и не еврейский вопрос. А вопрос чистоты крови. Была бы Государыня наша наполовину татарка или чеченка — проблема та же оставалась. И никуда от этого уже не денешься. И слава Богу…

Растворяются белые двери, влетает в малую столовую леврета Катерина, обнюхивает меня, тявкает дважды, чихает по-собачьи, вспрыгивает на свое кресло. Я же встаю, смотрю в дверь распахнутую с замершими по бокам слугами. Степенные и уверенные шаги приближаются, нарастают, и — в шелесте платья темно-синего шелка возникает в дверном проеме Государыня наша. Большая она, широкая, статная. Веер сложенный в сильной руке ее. Волосы роскошные убраны, уложены, заколоты золотыми гребнями, драгоценными каменьями переливающимися. На шее у Государыни кольцо бархатное с алмазом «Падишах», сапфирами отороченным. Напудрено властное лицо ее, напомажены чувственные губы, блестят глубокие очи под черными ресницами.

— Садись, — отмахивает она мне веером и усаживается в кресло, подвигаемое слугою.

Сажусь. Вносит слуга небольшую морскую раковину с мелко покрошенным голубиным мясом, ставит перед Катериной. Глотает леврета мясо, Государыня поглаживает ее по спине:

— Кушай, рыбка моя.

Вносят слуги золотой кувшин с вином красным, наполняют бокал Государыни. Берет она бокал в большую руку свою:

— Что выпьешь со мной?

— Что прикажете, Государыня.

— Опричникам прилично водку пить. Налейте ему водки!

Наливают мне водки в стопку хрустальную. Бесшумно ставят слуги закуски на стол: икра белужья, шейки раковые, грибы китайские, лапша гречневая японская во льду, рис разварной, овощи, тушенные в пряностях.

Поднимаю стопку свою, встаю в волнении сильном:

— Здравы будьте, Го… гу… су… дадыруня…

От волнения язык заплелся: первый раз в жизни за Государыневым столом сижу.

— Садись, — машет она веером, отпивает из бокала.

Выпиваю одним духом, сажусь. Сижу как истукан. Не ожидал от себя такой робости. Я при Государе так не робею, как при Государыне нашей. А ведь не самый робкий из опричных…

Не обращая на меня внимания, Государыня закусывает неторопливо:

— Что новенького в столице?

Плечами пожимаю:

— Особенного — ничего, Государыня.

— А неособенного?

Смотрят в упор глаза ее черные, не скрыться от них.

— Да и неособенного… тоже. Вот, удавили столбового.

— Куницына? Знаю, видела.

Стало быть, как просыпается Государыня наша, так сразу ей новостной пузырь подносят. А как иначе? Дело государственное...

— Что еще? — спрашивает, икру белужью на гренку аржаную намазывая.

— Да... в общем... как-то... — мямлю я.

Смотрит в упор.

— А что ж вы так с Артамошей обмишурились?

Вот оно что. И это знает. Набираю воздуху в легкие:

— Государыня, то моя вина.

Смотрит внимательно:

— Это ты хорошо сказал. Если бы ты на «Добрых молодцев» валить стал, я б тебя сейчас выпороть приказала. Прямо здесь.

— Простите, Государыня. Задержался с делами, не поспел вовремя, не упредил.

— Бывает, — откусывает она от гренки с икрой и запивает вином. — Ешь.

Слава Богу. Есть в моем положении лучше, чем молчать. Цепляю шейку раковую, отправляю в рот, хлебушком аржаным заедаю. Государыня жует, вино попивая. И вдруг усмехается нервно, ставит бокал, перестает жевать. Замираю я.

Смотрят очи ее пристально:

— Скажи, Комяга, за что они меня так ненавидят?

Набираю в легкие воздух. И… выпускаю. Нечего ответить. А она смотрит уже сквозь меня:

— Ну люблю я молодых гвардейцев. Что ж с того?

Наполняются слезами черные глаза ее. Отирает она их платочком.

Собираюсь с духом:

— Государыня, это горстка злобствующих отщепенцев.

Взглядывает она на меня, как тигрица на мышь. Жалею, что рот открыл.

— Это не горстка отщепенцев, дурак. Это народ наш дикий!

Понимаю. Народ наш — не сахар. Работать с ним тяжело. Но другого народа нам Богом не дадено. Молчу. А Государыня, забыв про еду, кончик сложенного веера к губам своим прижимает:

— Завистливы они, потому как раболепны. Подъёлдыкивать умеют. А по-настоящему нас, властных, не любят. И никогда уже не полюбят. Случай представится — на куски разорвут.

Собираюсь с духом:

— Государыня, не извольте беспокоиться — свернем мы шею этому Артамоше. Раздавим как вошь.

— Да при чем здесь Артамоша! — бьет она веером по столу, встает резко.

Я тут же вскакиваю.

— Сиди! — машет мне.

Сажусь. Левретка ворчит на меня. Прохаживается Государыня по столовой, грозно платье ее шелестит:

— Артамоша! Разве в нем дело...

Ходит она взад-вперед, бормочет что-то себе. Останавливается, веер на стол бросает:

— Артамоша! Это жены столбовые, мне завидующие, юродивых настраивают, а те народ мутят. От жен столбовых через юродивых в народ ветер крамольный дует. Никола Волоколамский, Андрюха Загорянский, Афоня Останкинский — что про меня несут, а? Ну?!

— Эти псы смердящие, Государыня, ходят по церквам, распускают слухи мерзкие... Но Государь запретил их трогать... мы-то их давно бы...

— Я тебя спрашиваю — что они говорят?!

— Ну... говорят они, что вы по ночам китайской мазью тело мажете, после чего собакою оборачиваетесь...

— И бегу по кобелям! Так?

— Так, Государыня.

— Так при чем здесь Артамоша? Он же просто слухи перепевает! Артамоша!

Ходит она, бормоча гневно. Очи пылают. Берет бокал, отпивает. Вздыхает:

— М-да... перебил ты мне аппетит. Ладно, пошел вон...

Встаю, кланяюсь, пячусь задом.

— Погоди… — задумывается она. — Чего, ты сказал, Прасковья хотела?

— Сельди балтийской, семян папоротника и книг.

— Книг. А ну, пошли со мной. А то забуду…

Идет Государыня вон из столовой, распахиваются двери перед ней. Поспеваю следом. Проходим в библиотеку. Вскакивает с места своего библиотекарь Государыни, очкарик замшелый, кланяется:

— Что изволите, Государыня?

— Пошли, Тереша.

Семенит библиотекарь следом. Проходит Государыня к полкам. Много их. И книг на них — уйма. Знаю, что любит читать с бумаги мама наша. И не токмо «Зловещих мопсов». Начитанна она.

Останавливается. Смотрит на полки:

— Вот это будет хорошо и долго гореть.

Делает знак библиотекарю. Снимает он с полки собрание сочинений Антона Чехова.

— Отправишь это Прасковье, — говорит Государыня библиотекарю.

— Слушаюсь, — кивает тот, книгами ворочая.

— Все! — поворачивается мама наша, идет вон из книгохранилища.

Поспешаю за ней. Вплывает она в покои свои. Двери позолоченные распахиваются, звенят бубны, тренькают балалайки невидимые, запевают голоса молодецкие:

Ты ударь-ка мине
Толстой палкой по спине!
Палка знатная!
Спина ватная!

Встречает Государыню свора приживалов ее. Воют они радостно, верещат, кланяются. Много их. Разные они: здесь и шуты, и монахини-начетчицы, и калики перехожие, и сказочники, и *игруны*, и наукой покалеченные *пельмешки*, и ведуны, и массажисты, и девочки вечные, и *колобки* электрические.

— С добрым утром, мамо! — сливается вой приживалов воедино.

— С добрым утром, душевные! — улыбается им Государыня.

Подбегают к ней двое старых шутов — Павлушка-еж и Дуга-леший, подхватывают под руки, ведут, расцеловывая пальцы. Круглолицый Павлушка бормочет неизменное свое:

— В-асть, в-асть, в-асть!

Волосатый Дуга ему подкрякивает:

— Ев-газия, Ев-газия, Ев-газия!

Остальные пританцовывать начинают, смыкаются вокруг Государыни привычным хороводом. И сразу вижу — подобрело лицо ее, успокоились брови, остыли глаза:

— Ну как вы тут без меня, душевные?

Вой и скулеж в ответ:

— Плохо, мамо! Пло-о-охо!

Валятся приживалы перед мамой на колени.

Пячусь я к выходу. Замечает:

— Комяга!

Замираю. Манит пальцем казначея, достает из кошелька золотой, кидает мне:

— За труды.

Ловлю, кланяюсь, выхожу.

Вечер. Снег идет. Едет «мерин» мой по Москве. Держу я руль, а в кулаке золотой сжимаю. Жжет он мне ладонь, словно уголек. То не плата, то *подарок*. Небольшие деньги — всего червонец, а дороже тысячи рублей он для меня...

Государыня наша в душе всегда *бурю* чувств вызывает. Описать их трудно. Как бы две волны-цунами сталкиваются, сшибаются: одна волна — ненависть, другая — любовь. Ненавижу я маму нашу за то, что Государя позорит, веру народную во Власть подрывает. Люблю же ее за характер, за силу и цельность, за непреклонность. И за... белую, нежную, несравненную, безразмерную, обильную грудь ее, видеть которую мне *иногда*, краешком глаза, слава Богу, удается. А внезапные повечерние *смотрины* эти ни с чем не сравнимы. Увидеть искоса грудь Государыни нашей... это восторг, господа хорошие! Одно жалко, что предпочитает Государыня наша гвардейцев опричникам. И предпочтение ее вряд ли переменится. Ну да это — Бог ей судья.

Гляжу на часы: 21:42.

Нынче понедельник, в 21:00 трапеза опричная началась. Опоздал. Ну да не страшно. Общая трапеза повечерняя у нас токмо по понедельникам и четвергам в Батиных хоромах проводится. Это на Якиманке, в том самом особняке купца Игумнова, где потом почти целый век гнездился посол французский. После известных событий лета 2021 года, когда Государь французскую посольскую грамоту публично разорвал, а посланника, уличенного в подстрекательстве к бунту, из России выслал, особняк опричнина заняла. Таперича там не французы тонконогие семенят, а Батя наш любимый в сапогах сафьяновых прохаживается. Каждые понедельник и четверг устраивает он нам всем ужин. Дом этот затейливый, красивый, о старине русской напоминающий, словно нарочно для Бати выстроен был. Ждал, когда Батя наш дорогой в него вселится. И дождался. И слава Богу.

Подкатываю к особняку. А там уж все красным-красно от наших «меринов». Словно божьи коровки вокруг куска сахара, сгрудились они вокруг особняка. Встаю, вылезаю, подхожу к крыльцу из камня точеного. Молча впускают меня суровые привратники Батины. Вхожу внутрь, скидываю кафтан на руки слугам. Взбегаю по лестнице к дверям широким. Возле них стоят двое придверников в светлых кафтанах. Кланяются, растворяют передо мною двери, и сразу — гомон! Как улей гудит трапезная! Звук этот любую усталость снимет.

Большой зал весь полон, как всегда. Восседает здесь вся московская опричнина. Сияют люстры, горят свечи на столах, золотятся чубы, качаются колокольцы. Славно! Вхожу с земным поклоном, как и положено опоздавшему. Следую на свое место, поближе к Бате. Столы длинные в зале так поставлены, что все упираются в один стол, за которым сидят Батя и оба *крыла* — правое и левое. Усаживаюсь на свое законное место — четвертым от Бати справа, между Шелетом и Правдой. Подмигивает мне Батя, а сам пирожок надкусывает. Опоздание тут грехом не считается: у всех нас дела, бывает, и за полночь затягиваются. Подносит мне слуга чашу с водой, омываю руки, отираю полотенцем. И глядь — как раз перемена блюд. Вносят слуги батины индюшек жареных. А на столах — только хлеб да кислая капуста. В будние трапезы Батя разносолов не любит. Из пития — кагор в кувшинах, квас да вода ключевая. Водки в будни здесь пить не положено.

Наливает мне Правда кагору:

— Что, брат Комяга, захлопотался?

— Захлопотался, брат Правда.

Чокаюсь с Правдой, с Шелетом, осушаю бокал свой единым духом. И сразу вспоминаю, что давно не ел *обстоятельно:* у Государыни, как всегда от волнения, кусок в горло не лез. Голод не тетка, пирогом с вязигой не угостит... Вовремя, ох вовремя ставит слуга на стол рядом со мною блюдо с индюшкой, обложенной картошкою печеной да репою пареной. Тащу себе ногу индюшачью, впиваюсь зубами: хороша, поупрела в Батиной печи славно. Шелет крыло кромсает, причмокивает:

— Нигде так хорошо не поешь, как у Бати нашего!

— Святая правда! — рыгает Правда.

— Что верно — то верно, — бормочу, сочное мясо индюшачье проглатывая. — Батя наш и накормит, и обогреет, и заработать даст, и уму-разуму научит.

Гляжу краем глаза на Батю, а он, родимый, словно почуяв *одобрение* наше, быстро подмигивает да и сам закусывает, как всегда неспешно. За ним, родным, мы все как за стеною каменной. И слава Богу.

Ем, а сам Батин стол оглядываю. По краям, там, где *крылья* опричные кончаются, как обычно, гости уважаемые сидят. И сегодня тоже: справа широкоплечий митрополит Коломенский с седобородым параксилиархом из Елоховского, десятипудовый председатель Всероссийского общества соблюдения прав человека со значком СМА[1], улыбчивый отец Гермоген, духовник Государыни, какой-то мо-

---

[1] Союз имени Михаила Архангела.

ложавый чин из Торговой палаты, торгпред Украины Стефан Голобородько и старый друг Бати предприниматель Михаил Трофимович Пороховщиков; слева — неизменный главный врач опричнины Петр Сергеевич Вахрушев с вечным помощником Бао Цаем, осанистый одноглазый командир Кремлевского полка, певец песен народных Чурило Володьевич, вечно недовольный Лосюк из Тайного приказа, чемпион России по кулачному бою Жбанов, круглолицый председатель Счетной палаты Захаров, Батин егерь Вася Охлобыстин, окольничий Говоров и главный кремлевский банщик Антон Мамона.

Поднимает Батя бокал свой с кагором, а сам встает. Стихает гомон. Возвещает Батя зычным гласом:

— Здоровье Государя нашего!

Встаем все с бокалами:

— Здоровье Государя!

Выпиваем до дна. Кагор — не шампанское, быстро не выпьешь. Цедим. Крякаем, утираем усы да бороды, усаживаемся.

И вдруг как гром с неба: радужная рамка на потолке зала, до боли родное узкое лицо с темно-русой бородкой. Государь!

— Благодарю вас, опричные! — разносится голос его по залу.

— Слава Государю! — воскрикивает Батя.

Подхватываем, троекратим:

— Слава! Слава! Слава!

— Гойда! — отвечает Государь и улыбается.

— Гойда! Гойда! Гойда! — валом девятым несется по залу.

Сидим, лица к нему подняв. Ждет солнце наше, пока успокоимся. Смотрит тепло, по-отечески:

— Как день прошел?

— Слово и Дело! Хорошо! Слава Богу, Государь!

Выдерживает паузу Государь наш. Обводит нас взором прозрачных глаз своих:

— Дела ваши знаю. За службу благодарю. На вас надеюсь.

— Гойда! — выкрикивает Батя.

— Гойда-гойда! — подхватываем мы.

Гудит потолок от голосов наших. Смотрит с него Государь:

— Хочу посоветоваться.

Смолкаем мы враз. Таков Государь у нас: советы ценит. В этом великая мудрость его, в этом и великая простота. Поэтому и процветает под ним государство наше.

Сидим дыханье затаив.

Медлит солнце наше. Произносит:

— По поводу закладных.

Ясное дело. Понимаем. Китайская *закладня*. Старое мурыжило. Узел путаный. Сколько раз Государь разрубить его замахивался, да все *свои* мешали, руку удерживали. И не токмо *свои*, но и свои. И *чужие*. Да и просто — чужие...

— Имел я полчаса тому разговор с Чжоу Шень-Мином. Друг мой, властитель Поднебесной, обеспокоен положением китайцев в Западной Сибири. Вы знаете, что после того, как наложил я указом своим запрет на переход тамошних волостей под заклад к уездам, дело вроде поправилось. Но, оказалось, ненадолго. Китайцы стали нынче закладываться не волостями, а селениями без угодьев под так называемый таньху[1]-закуп с деловой челобитной, чтобы исправники наши имели право прописывать их как шабашных, а не тягловых. Воспользовались они законом «О четырех тяглах», а целовальники в управах, как вы понимаете, ими подкупаются и прописывают их не как тягловых, а как временнонаемных со скарбом. А временнонаемные — и есть шабашные по новому уставу. Получается, что наделы они возделывают, а платят подать только за шабашенье, так как жены их и дети числятся на наделах шестимесячными захребетниками. Стало быть, подать их все шесть бестяглых месяцев делится не пополам, а два к трем. Следовательно, каждые шесть месяцев Китай теряет одну треть подати. И таньху-закуп помогает проживающим у нас китайцам обманывать Поднебесную. Учитывая, что китайцев в Западной Сибири двадцать восемь миллионов, я хорошо понимаю озабоченность моего друга Чжоу Шень-Мина: почти три миллиарда юаней теряет Китай за

---

[1] Покровительство (*кит.*).

эти шесть месяцев. Я имел сегодня разговор с Цветовым и с Зильберманом. Оба министра советуют мне упразднить закон «О четырех тяглах».

Умолкает Государь. Вона оно что! Опять тягловый закон кому-то из приказных поперек горла встал. Не поделили барыши, разбойники!

— Хочу спросить мою опричнину: что думаете вы по сему вопросу?

Ропот по залу. Ясно, что мы думаем! Каждому высказаться хочется. Но Батя руку свою подымает. Смолкаем. Говорит Батя:

— Государь, сердца наши трепещут от гнева. Таньху-закуп не китайцы придумали. Вы, Государь, по доброте душевной о дружественной нам Поднебесной печетесь, а враги из уездов западносибирских плетут свои сети злокозненные. Они вкупе с розовым министром, да с посольскими, да с таможенными этот самый таньху-закуп и придумали!

— Верно! Правильно! Слово и Дело! — раздаются возгласы.

Вскакивает Нечай, коренной опричник, на посольских не одну собаку съевший:

— Слово и Дело, Государь! Когда в прошлом годе Посольский приказ чистили, дьяк крайний, Штокман, признался на дыбе, что Цветов самолично в Думе «четыре тягла» двигал, буравил заседателей! Спрашивается, Государь: для чего этот пес так в «четырех тяглах» заинтересован был, а?!

Вскакивает Стерна:

— Государь, сдается мне, что «четыре тягла» — правильный закон. Одно в нем непонятно — почему «четыре»? Откуда взялась цифра сия? А почему — не шесть? Почему — не восемь?

Загудели наши:

— Ты, Стерна, говори, да не заговаривайся!

— Верно, верно он говорит!

— Не в четырех дело!

— Нет, в четырех!

Встает пожилой и опытный Свирид:

— Государь, а что бы поменялось, ежели б стояла в законе том другая цифирь? К примеру, не четыре тягла брала бы семья китайская, а восемь? Увеличилась бы подать в два раза? Нет! А почему, спрашивается? А потому что — не дали бы увеличиться! Приказные! Вот оно что!

Загудели:

— Верно! Дело говоришь, Свирид! Не в Китае враги сидят, а в приказах!

Тут я не выдерживаю:

— Государь! «Четыре тягла» — закон правильный, да токмо прогнули его не в ту сторону: исправникам не деловые челобитные нужны, а черные закладные! Вот они на сем законе и едут!

Одобряет правое *крыло*:

— Верно, Комяга! Не в законе дело!

А левое противится:

— Не в закладных дело, а в законе!

Вскакивает Бубен из левого *крыла*:

— Китаец и шесть тягл осилит! От этого России токмо прибыток будет! Надобно, Государь, закон по другому числу переписывать, подать увеличивать, тогда и закладываться не поедут — некогда будет спину разогнуть!

Шум:

— Верно! Неверно!

Встает Потыка, молодой, но на хитрость цепкий:

— Государь, я так мыслю: коли будет шесть тягл или восемь, тогда вот что случиться может: семьи у китайцев большие, начнут они делиться да дробиться да будут прописываться по двое да по трое, чтобы подать скостить. А потом все одно закладываться двинут, но уже не как шабашники, а как бессемейные захребетники. Тогда по закону они могут тягло сдавать на исполу нашим. А наши возьмут два тягла, а на третьем отстроятся да и продадут назад китайцам. И получится, что те уже со скарбом на тягло сядут. Тогда такой китаец женится на нашей — и вообще никакой подати китайской! Гражданин России!

Шум, гул. Молодец Потыка! В корень зрит. Недаром он до опричнины на таможне дальневосточной служил. Батя от удовольствия аж кулаком по столу хватил.

Молчит Государь. Смотрит на нас с потолка внимательным серо-голубым взглядом своим. Успокаиваемся мы. Снова тишина повисает в зале. Молвит Государь:

— Что ж, я выслушал мнения ваши. Благодарю вас. Я рад, что опричнина моя по-прежнему умом востра. Решение по закону о тяглах я приму завтра. А сегодня я принимаю другое решение: почистить тамошние уездные управы.

Рев восторга. Слава Богу! Дождались ворюги западносибирские!

Вскакиваем, ножи из ножен выхватываем, воздымаем:

— Гойда! Чистка!

— Гойда! Чистка!

— Гойда! Чистка!

С размаху втыкаем ножи в столы, хлопаем в ладоши так, что люстры дрожат:

— Гойда! Мети, метла!

— Гойда! Мети дотла!

— Гойда! Мети начисто!

Гремит раскатисто голос Бати:

— Выметай! Выметай!

Подхватываем:

— Выме-тай! Выме-тай!

Хлопаем, пока руки не заболят.

Исчезает лик Государев.

Поднимает Батя бокал:

— Здоровье Государя! Гойда!

— Гойда-гойда!

Пьем, садимся.

— Слава Богу, будет нашим работа! — крякает Шелет.

— Давно пора! — вкладываю я нож в ножны.

— Тамошние управы червями кипят! — негодующе трясет золотым чубом Правда.

Гул трапезную наполняет.

За Батиным столом разговор вспыхивает. Всплескивает пухлыми руками толстый председатель Общества прав человека:

— Отцы мои! Доколе России нашей великой гнуться-прогибаться перед Китаем?! Как в смутное время прогибались мы перед Америкой поганой, так теперь перед Поднебесной горбатимся! Надо же — Государь наш печется, чтобы китайцы правильно свою подать платили!

Вторит ему Чурило Володьевич:

— Верно говоришь, Антон Богданыч! Они к нам в Сибирь понабились, а мы еще должны об их податях думать! Пущай нам больше платят!

Банщик Мамона головой лысой качает:

— Доброта Государя нашего границ не знает.

Оглаживает седую бороду параксилиарх:

— Добротою Государевой приграничные хищники питаются. Жвалы их ненасытны.

Откусывает Батя от ноги индюшачьей, жует, а сам ногу ту над столом воздымает:

— Вот это откуда, по-вашему?

— Оттуда, Батя! — улыбается Шелет.

— Правильно, оттуда, — продолжает Батя. — И не токмо мясо. Хлеб — и то китайский едим.

— На китайских «меринах» ездим! — ощеривается Правда.

— На китайских «боингах» летаем, — вставляет Пороховщиков.

— Из китайских ружей уточек Государь стрелять изволит, — кивает егерь.

— На китайских кроватях детей делаем! — восклицает Потыка.

— На китайских унитазах оправляемся! — добавляю я.

Смеются все. А Батя мудро палец указательный подымает:

— Верно! И покудова положение у нас такое, надобно с Китаем нам дружить-мировать, а не биться-рататься. Государь наш мудр, в корень зрит. А ты, Антон Богданыч, вроде человек государственный, а так поверхово рассуждаешь!

— Мне за державу обидно! — вертит круглой головой председатель так, что тройной подбородок его студнем колышется.

— Держава наша не пропадет, не боись. Главное дело, как Государь говорит: каждому на своем месте честно трудиться на благо Отечества. Верно?

— Верно! — откликаемся.

— А коли верно — за Русь! За Русь!

— За Русь! Гойда! За Русь! За Русь!

Вскакивают все. Сходятся бокалы со звоном. Не успеваем допить, как новая здравица. Кричит Бубен:

— За Батю нашего! Гойда!

— Гойда-гойда!

— За родимого! Здравия тебе, Батя! Удачи на супротивцев! Силушки! Глаза зоркого!

Пьем за рулевого нашего. Сидит Батя, пожевывает, квасом кагор запивает. Подмигивает нам. А сам *вдруг* два мизинца в замок сцепляет.

Банька!

Ух ты, мать честная! Сердце сполохнуло: не померещилось ли? Нет! Держит Батя мизинцы замком, подмигивает. Кто надо — видит знак сей. Вот так новость! Баня ведь по субботам, да и то не по каждой... Заколотилось сердце, глянул на Шелета с Правдой: для них тоже новость! Ворочаются, покрякивают, бороды почесывают, усы подкручивают. Посоха конопатый мне подмигивает, щерится.

Славно! Усталость как рукой сняло. Банька! Гляжу на часы — 23:12. Целых сорок восемь минут ждать. Ничего! Подождем, Комяга. Время идет, а человек — терпит. И слава Богу...

Бьют часы в зале полночь. Конец трапезе опричной повечерней. Встаем все. Громогласно благодарит Батя Господа за пищу. Крестимся, кланяемся. Направляются наши к выходу. Да не все. Остаются *ближние,* или, по-нашему, опричь-опричные. И я среди них. Сердце бьется в предвкушении. Сладки, ох и сладки эти удары! В зале опустевшем, где слуги быстрые снуют, остались оба *крыла,* а еще самые проворные и отличившиеся из молодых опричников — Охлоп, Потыка, Комол, Елка, Авила, Обдул, Вареный и Игла. Все как на подбор — кровь с молоком, златочубые огонь-ребята.

Проходит Батя из зала большого в зал малый. Мы все за ним следуем — правое *крыло,* левое, молодежь. Затворяют слуги за нами двери. Подходит Батя к камину с тремя богатырями бронзовыми, тянет Илью Муромца за палицу. Открывается рядом с камином проем в стене. Ступает Батя первым в проем сей, а мы по положению — за ним. Едва вхожу я туда — сразу запах банный в ноздри шибает! И от запаха того голова кружится, кровь в висках молоточками серебряными стучит: баня Бати!

Спускаемся по каменной лестнице полутемной вниз, вниз. Каждый шаг туда — подарок, ожидание *радости*. Одного понять не могу — почему Батя решил сегодня баню обустроить? Чудеса! Сегодня и златостерлядью насладились, да еще, стало быть, и — *попаримся*.

Вспыхивает свет: отворяется предбанник. Встречают нас трое Батиных банщиков — Иван, Зуфар и Цао. В возрасте они, в опыте, в *доверии*. Разные они и по характерам, и по кровям, и по ухваткам банным. Токмо ущерб их роднит: Зуфар и Цао немые, а Иван глухой. Мудро это не токмо для Бати, но и для них — крепче спят банщики опричные, дольше живут.

Садимся, разоблачаемся. Помогают банщики Бате раздеваться. А он времени даром не теряет:

— О деле. Что у кого?

Левокрылые сразу вперед: Воск с Серым отбили наконец у казначейских подземный Китай-город, теперь вся стройка под нами, Нечай с двумя доносами на князя Оболуева, Бубен с деньгами за откупленное дело, Балдохай в Амстердаме *правильно* затерся с русской общиной, привез *черные* человобитные, Замося просит денег на личный ущерб —

разбил стрелецкую машину. Батя без слова упрека единого дает ему пятьсот золотом.

Наши с правого *крыла* не так оборотисты сегодня: Мокрый бился с торговыми за «Одинцовский рай», так ничего пока и не добился, Посоха пытал с приказными преступных воздухоплавателей, Шелет заседал в Посольском, Ероха летал в Уренгой насчет *белого* газа, Правда ставил *колпаки*, жег квартиру опального. Только я один с прибытком:

— Вот, Батя, Козлова полдела купила. Две с половиною.

Батя кошель принимает, на руке встряхивает, развязывает, десять золотых отсчитывает, дает мне *законное*. Подводит итог дню:

— Приходный.

Еще дни опричные бывают: праздничный, богатый, горячий, расходный, ущербный и кислый. Молодые сидят, слушают, уму-разуму набираются.

Исчезают деньги и бумаги в белом квадрате, светящемся в стене старой кладки. Спускают банщики с Бати порты. Шлепает он руками по коленям:

— А у меня для вас новость, господа опричные: граф Андрей Владимирович Урусов голый.

Сидим оторопело. Балдохай рот первым раскрывает:

— Как так, Батя?

— А вот так, — чешет Батя муде увесистое, обновленное. — Снят по указу Государеву со всех должностей, счета арестованы. Но это еще не все.

Обводит нас командир взором испытующим:

— Дочь Государя, Анна Васильевна, подала на развод с графом Урусовым.

Вот это да! Это действительно — новость! Государева семья! Не сдерживаюсь:

— Еб твою мать!

Сразу же мне Батя справа — кулаком в челюсть:

— Охальник!

— Прости, Батя, нечистый попутал, не сдержался...

— Еби свою мать, дешевле выйдет!

— Ты же знаешь, Батя, померла мать моя... — на жалость пробиваю.

— Еби в гробу!

Молчу, утираю исподницей губу рассеченную.

— Я из вас дух охальный, смутный повыбью! — грозит нам Батя. — Кто уста матом сквернит — тот в опричнине не задерживается!

Притихаем.

— Так вот, — продолжает он. — На развод, стало быть, подала дочь Государева. Думаю, патриарх их не разведет. А митрополит Московский развести может.

Может. Понимаем. Очень даже может. Запросто! Вот тогда Урусов будет совсем *голый*. Даже *очень голый*. Мудро Государь внутреннюю политику кроит, ох мудро! С семейной стороны коли глянуть — что ему пасквиль этот? Мало ли чего крамольники подпольные понапишут... Все-таки как-никак зять, супруг дочери любимой. А коли с государственной стороны приглядеться — завидное решение. Лихо! Недаром Государь наш всем играм городки да шахматы предпочитает. Просчитал он комбинацию многоходовую, размахнулся да со всего плеча и метнул биту в своих же. Выбил из Круга Внутреннего *жирного* зятя. И сразу любовь народную к себе вдвое, втрое укрепил! *Круговых* озадачил: не зарывайтесь. Приказных подтянул: во как государственный муж поступать должен. Нас, опричных, ободрил: нет в России Новой *неприкосновенных*. Нет и быть не может. И слава Богу.

Сидят оба *крыла*, головами покачивают, языками поцокивают:

— Урусов — голый. Не верится даже!

— Вот те раз! Москвой ворочал!

— В фаворе Государевом сиял…

— Дела ворошил, людишек тасовал.

— На трех «роллс-ройсах» ездил.

Что верно, то верно — три «роллс-ройса» были у Урусова: золотой, серебряный и платиновый.

— А таперича на чем же он поедет? — спрашивает Ероха.

— На хромой козе електрической! — отвечает Замося.

Хохочем.

— Ну да и это не последняя новость, — встает голый Батя.

Слушаем.

— К нам он сюда подъедет. В баньку. Попариться да защиты попросить.

Кто встал — снова сели. Это уж совсем ни в какие ворота! Урусов — к Бате? С другой стороны, ежели здраво рассудить — куда ему теперь соваться-то, *голому*? Из Кремля его Государь вышиб, деловые от него шарахнутся, приказные — тоже. Патриархия его за блуд не пригреет. К Бутурлину? Они друг друга терпеть не могут. К Государыне? Падчерица ее презирает за «разврат», она падчерицу ненавидит, а мужа падчерицы, хоть уже и *бывшего*, и подавно. В Китай графу дорога закрыта: Чжоу Шень-Мин — друг Государев, против его воли не пойдет. Что же графу делать? В имении отсиживаться да ждать, когда мы с метлами прикатим? Вот он и решился от отчаянья — к Бате с поклоном. Правильно! *Голому* — токмо в баньку и дорога.

— Вот такие у нас пироги с опилками, — подытоживает Батя. — А теперь — баня!

Входит Батя первым в банные хоромы. А мы, голые, аки адамы первородные, за ним. Баня у Бати богатая: потолки сводчатые, колоннами подпертые, пол мраморный, мозаичный, купель просторная, лежаки удобные. Из парной уже хлебным духом тянет — любит Батя с кваском попариться.

И сразу команда от него:

— Правое крыло!

В бане своей Батя полный главнокомандующий. Устремляемся в парную. А там уж ждет Иван в шапке войлочной, в рукавицах, с двумя вениками — березовым да дубовым. И начинается карусель: ложимся на полки, поддает глухой Иван пару хлебного, крякает да с непривычно громкими шутками-прибаутками начинает опричных вениками охаживать.

Лежу, глаза закрыв. Жду своей участи, пар вдыхая. И дожидаюсь: вжиг, вжиг, вжиг — по спине, по жопе, по ногам. Опытен Иван в банной брани до невозможности — пока не выпарит как положено — не успокоится. Но у Бати перепариваться не след, ибо ждут *другие* удовольствия. От предвкушения которых у меня даже в парной сердце холодит.

А Иван знай парит, приговаривает:

Ай, чучу, ай, чучу!
Я горох молочу
Назло Явропя
На опричной жопя!
Будет жопа бяла
На большие дяла!
Жопу салом смажем,
Явропе покажем!

Стара прибаутка Ивана, ну да и сам он немолод: *некому* в Европе уже русскую жопу показать. Приличных людей, как наши выездные рассказывают, не осталось за Западной стеной. А по пузырю новостному каждый день показывают: дала дуба Европа Агеноровна, одни киберпанки арабские по развалинам ползают. Им что жопа, что Европа — все едино...

Шуршит-шелестит веник дубовый у меня над затылком, а березовый пятки щекочет:

— Готов!

Сползаю с полка и попадаю в цепкие руки Зуфара: теперь его черед. Хватает он меня как куль, на спину взваливает, выволакивает из парной. И с разбегу — в купель мечет. Ох, лихо мне! Все справно у Бати — и пар горячий, и водица ледяная. До костей пробирает. Плаваю, в себя прихожу. Но Зуфар роздыху не дает — тянет наверх, кидает на топчан, вспрыгивает мне на спину да ногами своими начинает по мне ходить. Хрустят позвонки мои. Ходят ноги татарские по русской спине. Умело ходят — не повредят, не разрушат, не раздавят... Сумел Государь наш сплотить под крылом своим могучим все народы российские: и татар, и мордву, и башкир, и евреев, и чеченов, и ингушей, и черемисов, и эвенков, и якутов, и марийцев, и карелов, и коряков, и осетинцев, и чувашей, и калмыков, и бурят, и удмуртов, и чукчей простодушных, и многих-многих других...

Окатывает меня Зуфар водицей, передает Цао. И вот уже я в обмывочной полулежу, в потолок расписной гляжу, а китаец меня моет. Скользят мягкие и быстрые руки его по моему телу, втирают пену душистую в голову, льют пахучие масла на живот, перебирают пальцы на ногах, растирают икры. Никто так не вымоет, как китаец. Знают они, как с телом человеческим управляться. На потолке здесь сад райский изображен, а в нем — птицы да звери, голосу Бога внемлющие. Человека в саду том еще нет — не сотворен. Приятно смотреть на сад райский, когда тебя моют. Просыпается что-то в душе давно забытое, салом времени затянувшееся…

Окатывает Цао водицей прохладной из липовой шайки, помогает встать. Бодрость и *готовность* охватывают после китайского мытья. Прохожу в главный зал. Здесь постепенно все собираются, через русско-татарско-китайский конвейер пройдя. Чистыми розовыми телами на лежаки плюхаются, безалкогольные напитки потягивают, словами перебрасываются. Уж и Шелет с Самосей выпарились, и Мокрый стал просто мокрым, и Воск с кряканьем рухнул на лежак, и Ероха благодарно охает, и Чапыж с Бубном жадно квас глотают, в себя приходя. Велика сила братства банного! Все тут равны — и правые и левые, и старики и молодь. Намокли чубы позолоченные, растрепались. Развязались языки, расплелись:

— Самося, а ты куда этому полковнику въехал-то?

— В бок тиранул на повороте с Остоженки. Харя стрелецкая, струхнул, из кабины не вылезал. Потом ихние приехали с квадратом, с рукой, постовой свернулся, я в хорошие не прошел, ну и с дубьем бодаться не стал…

— Братья, новый кабак открылся на Маросейке — «Кисельные берега». Любо-дорого: кисель двенадцати сортов, водка на липовой почке, зайцы во лапше, девки поют...

— На Масленицу Государь спортсменов одаривать будет: гиревикам — по «мерину» водородному, городошникам — мотоциклы курдючные, бабам-лучницам — по шубе живородящей...

— Короче, заперлись гады, а шутиху Батя запретил пользовать — дом-то не опальный. Газ и лучи тоже нельзя. Ну, мы по старинке — в нижнюю квартиру: то да се, наверху враги. Попросили их по-государственному, они с чемоданом да с иконами вышли, мы подпалили, дырки сделали, стали верхних выкуривать, думали — отопрутся, а те — в окно. Старший — на забор печенкой, а младший с ногой выжил, потом показания дал...

— Авдотья Петровна самолично жопою своею огромадной ломала унитазы, вот те крест...

— Ерох, а Ерох...

— Чаво тебе?

— А де мой пирох?

— Вот дурень! Яйцы подбери, по полу катаются!

— Бубен, а правда, что теперь серые прибытки в Торговой закрывают вкруговую через целовальников?

— Не-а. Через целовальников токмо надбавки проходят, а серые по-прежнему крытые подъячие правят.

— Во враги! Никакой кочергой их не выковы-ришь...

— Подожди, брат Охлоп, до осени. Всех повыко-вырим.

— Осень, осень, жгут корабли-и-и-и... молодой, ты где кололся?

— В «Навуходоносоре».

— Красиво. Особливо — низ, с драконами... Я тоже хотел вкруг охлупья табун диких лошадей пустить, а *колун* воспротивился: разрушит компози-ционное равновесие, говорит.

— Правильно, брат. У тебя охлупье зело волоса-то, а ежели выводить — зиянье получится нелепое. На то зиянье токмо две рожи поместятся: Цветова да Зильбермана!

— А-ха-ха-ха! Уморил еси!

— Новый «Козлов» бьет получше, чем «Дабл игл»: кладку в два кирпича прошибает с пораже-нием на вылете, а у них — в полтора. Зато отдача у нас поувесистей.

— Ну и хорошо — крепи десницу.

— Дай-кось, брат Мокрый, мне кваску глотнуть.

— Глотни Христа ради, брат Потыка.

— Заладили — откуп, откуп... Какого рожна мне копать под откупа? Там палку не срубишь, а шишек набьешь...

— Оха-моха, не любит меня брат Ероха!

— Стукну в лоб, бузотер!

— Слыхали, почему Государь Третью трубу перекрыл? «Шато Лафит» опять ко Двору не поставили говнодавы европейские: полвагона в год и то не набирается!

— А кому там нынче вино нужно? Киберпанки кумыс пьют!

Последним, как всегда, сам Батя парится. Пропускают банщики широкое тело Батино через руки свои, подводят к нам. Подхватываем родного:

— Батя, с легким паром!

— Чтоб в косточки пошло!

— На здоровье!

— В становой хребет!

— В кровотвор!

Пышет жаром Батино тело:

— Ох, Пресвятая… квасу!

Тянутся к родному чаши серебряные:

— Испей, родимый!

Обводит Батя нас очами осоловелыми, выбирает:

— Воск!

Подает Воск чашу Бате. Конечно, сегодня *левые* в фаворе. Поделом. Заработали.

Осушает Батя чашу квасу медового, переводит дух, рыгает. Обводит нас очами. *Замираем.* Выжидает Батя, подмигивает. И произносит *долгожданное:*

— Цып-цып-цып!

Притухает свет, выдвигается из стены мраморной рука сияющая с горстью таблеток. И как исповедавшиеся к причастию, так ко длани *воссиянной* встаем мы в очередь покорную. Подходит каждый, берет свою таблетку, кладет в рот под язык, отходит. Подхожу и я. Беру таблетку, на вид невзрачную совсем. Кладу в рот, а пальцы уж дрожат, а колени уж подкашиваются, а сердчишко уж молотом беспокойным стучит, а кровь уж в виски ломится, как опричники в усадьбу земскую.

Накрывает язык мой трепещущий таблетку, яко облако храм, на холме стоящий. Тает таблетка, сладко тает под языком, в слюне, хлынувшей на нее, подобно реке Иордань, по весне разливающейся. Бьется сердце, перехватывает дыхание, холодеют кончики пальцев, зорче глаза видят в полумраке. И вот долгожданное: толчок крови в уд. Опускаю очи долу. Зрю уд мой, кровью наливающийся. Восстает уд мой обновленный, с двумя хрящевыми вставками, с вострием из гиперволокна, с рельефными окатышами, с мясной волною, с подвижной татуировкою. Восстает, аки хобот мамонта сибирского. А под удом удалым затепливается огнем багровым увесистое муде. И не только у меня. У всех причастившихся от длани сияющей муде затепливаются, словно светлячки в гнилушках ночных на Ивана Купалу. Загораются муде опричные. И каждое — своим светом. У правого крыла свет этот из алого в багровый перетекает, у левого — от голубого в фиолетовый, а у молодняка — зеленые огоньки всех оттенков. И токмо у Бати нашего муде особым огнем сияет, огнем ото всех нас отличным, — желто-золотое муде у Бати дорогого. В этом — великая сила братства опричного. У всех опричных муде обновленное китайскими врачами искусными. Свет проистекает от муде, мужественной любви возжелавших. Силу набирает от уд воздымающихся. И покуда свет этот не померк — живы мы, опричники.

Сплетаемся в объятьях братских. Крепкие руки крепкие тела обхватывают. Целуем друг друга в уста. Молча целуем, по-мужски, без бабских нежностей. Целованием друг друга распаляем и приветствуем. Банщики между нами суетятся с горшками глиняными, мазью китайской полными. Зачерпываем мази густой, ароматной, мажем себе уды. Снуют бессловесные банщики аки тени, ибо не светится у них ничего.

— Гойда! — восклицает Батя.

— Гойда-гойда! — восклицаем мы.

Встает Батя *первым*. Приближает к себе Воска. Вставляет Воск в Батину верзоху уд свой. Кряхтит Батя от удовольствия, скалит в темноте зубы белые. Обнимает Воска Шелет, вставляет ему смазанный рог свой. Ухает Воск утробно. Шелету Серый заправляет, Серому — Самося, Самосе — Балдохай, Балдохаю — Мокрый, Мокрому — Нечай, а уж Нечаю липкую сваю забить и мой черед настал. Обхватываю брата *левокрылого* левою рукою, а правой направляю уд свой ему в верзоху. Широка верзоха у Нечая. Вгоняю уд ему по самые ядра

багровые. Нечай даже не крякает: привык, опричник коренной. Обхватываю его покрепче, прижи-
маю к себе, щекочу бородою. А уж ко мне Бубен
пристраивается. Чую верзохой дрожащую булаву
его. Увесиста она — без толчка не влезет. Торкает-
ся Бубен, вгоняет в меня толстоголовый уд свой.
До самых кишок достает махина его, стон нутряной
из меня выжимая. Стону в ухо Нечая. Бубен кряхтит в мое, руками молодецкими меня обхватывает.
Не вижу того, кто вставляет ему, но по кряхтению
разумею — уд достойный. Ну да и нет среди нас
недостойных — всем китайцы уды обновили, укре-
пили, обустроили. Есть чем и друг друга усладить,
и врагов России наказать. Собирается, сопрягается
гусеница опричная. Ухают и кряхтят позади меня.
По закону братства *левокрылые* с *правокрылыми*
чередуются, а уж потом молодежь пристраивается.
Так у Бати заведено. И слава Богу…

По вскрикам и бормотанию чую — молодых черед пришел. Подбадривает Батя их:

— Не робей, зелень!

Стараются молодые, рвутся друг другу в верзо-
хи тугие. Помогают им банщики *темные*, направ-
ляют, поддерживают. Вот предпоследний молодой
вскрикнул, последний крякнул — и готова *гусеница*. Сложилась. Замираем.

— Гойда! — кричит Батя.

— Гойда-гойда! — гремим в ответ.

Шагнул Батя. И за ним, за головою *гусеницы* двигаемся все мы. Ведет Батя нас в купель. Просторна она, вместительна. Теплою водою наполняется заместо ледяной.

— Гойда! Гойда! — кричим, обнявшись, ногами перебирая.

Идем за Батей. Идем. Идем. Идем *гусеничным* шагом. Светятся муде наши, вздрагивают уды в верзохах.

— Гойда! Гойда!

Входим в купель. Вскипает вода пузырями воздушными вокруг нас. По муде погружается Батя, по пояс, по грудь. Входит вся *гусеница* опричная в купель. И встает.

Теперь — помолчать время. Напряглись руки мускулистые, засопели ноздри молодецкие, закряхтели опричники. *Сладкой* работы время пришло. Окучиваем друг друга. Колышется вода вокруг нас, волнами ходит, из купели выплескивается. И вот уж подступило *долгожданное*: дрожь по всей *гусенице* прокатывается.

И:

— Гойда-а-а-а-а-а-а!!!

Дрожит потолок сводчатый. А в купели — шторм девятибалльный.

— Гойда-а-а-а!!!

Реву в ухо Нечая, а Бубен в мое вопит:

— Гойда-а-а-а!!!

Господи, помоги нам не умереть…

Неописуемо. Потому как божественно.

Райскому блаженству подобно возлежание в мягких лонгшезах-лежаках после опричного совокупления. Свет включен, шампанское в ведерках на полу, еловый воздух, Второй концерт Рахманинова для фортепиано с оркестром. Батя наш после совокупления любит русскую классику послушать. Возлежим расслабленные. Гаснут огни в мудях. Пьем молча, дух переводим.

Мудро, ох мудро придумал Батя с *гусеницей*. До нее все по парам разбивались, отчего уже тень разброда опасного на опричнину ложилась. Теперь же парному наслаждению предел положен. Вместе трудимся, вместе и наслаждаемся. А таблетки помогают. И мудрее всего то, что молодь опричная завсегда в хвосте *гусеницы* пихается. Мудро это по двум причинам: во-первых, место свое молодые обретают в иерархии опричной, во-вторых, движение семени происходит от хвоста *гусеницы* к голове, что символизирует вечный круговорот жизни и обновление братства нашего. С одной стороны, молодежь старших уважает, с другой — подпитывает. На том и стоим. И слава Богу.

Приятно потягивать сычуаньское шампанское, чувствуя, как всасывается в стенки кишки прямой здоровое опричное семя. Здоровье в нашей жизни опасной не последнее дело. Я о своем забочусь: два раза в неделю играю в городки, а потом плаваю, пью кленовый сок с тертой земляникой, ем семена папоротника проросшие, дышу правильно. Да и другие опричные тело свое укрепляют.

Доносят Бате сверху, что явился граф Урусов. Раздают банщики всем простыни. Прикрыв срам *погасший*, возлежим. Входит из предбанника к нам граф. Простыня на нем наподобие тоги римской накинута. Коренаст граф, белотел, тонконог. Голова его большая, шея коротка. Лицо, как всегда, хмуро. Но уже что-то *новое* в лице известном этом запечатлелось.

Смотрим молча на него, как на призрак: ранее видеть мужа сего доводилось нам лишь во фраках или в расшитых золотом кафтанах.

— Здоровы будьте, господа опричники, — произносит граф своим глухим голосом.

— Здравы будьте, граф, — отвечаем вразброд.

Молчит Батя, возлежа. Находит его граф глазами своими невеселыми:

— Здравствуй, Борис Борисович.

И… кланяется в пояс.

Челюсти у нас отвисают. Это круто. Граф Урусов, всесильнейший, недоступнейший, могущественный, кланяется в пояс Бате нашему. Так и хочется древних вспомнить: sic transit gloria mundi.

Приподнимается Батя неторопливо:

— Здрав будь, граф.

Ответно кланяется, скрещивает на животе руки, молча глядит на графа. На голову Батя наш выше Урусова.

— Вот решил навестить тебя, — нарушает тишину граф. — Не помешаю?

— Гостю завсегда рады, — молвит Батя. — Пар еще есть.

— Я не большой охотник до бани. Разговор у меня к тебе срочный, отлагательства не терпящий. Уединимся?

— У меня, граф, от опричнины секретов нет, — спокойно Батя отвечает, знак банщикам делает. — Шампанского?

Мрачновато граф губу нижнюю оттопыривает, на нас волчьими глазами косится. Волк и есть. Токмо загнанный. Подносит им Цао шампанского. Берет Батя бокал узкий, выпивает залпом, ставит на поднос, крякает, усы отирая. Урусов лишь пригубливает, как цикуту.

— Слушаем тебя, Андрей свет Владимирович! — громогласно Батя произносит и на лежак свой снова опускается. — Да ты ложись, не стесняйся.

Садится граф поперек лежака, сцепляет пальцы замком:

— Борис Борисович, ты в курсе моих обстоятельств?

— В курсе.

— В опалу попал я.

— Это бывает, — кивает Батя.

— На сколько — пока не знаю. Но надеюсь, что рано или поздно простит меня Государь.

— Государь милостив, — кивает Батя.

— Дело у меня к тебе. Счета мои по приказу Государя арестованы, торговые и промышленные владения отчуждены, но личное имущество оставил мне Государь.

— Слава Богу... — рыгает Батя китайскою углекислотою.

Смотрит граф на свои ногти холеные, трогает перстень с ежом брильянтовым: паузу выдерживает. Молвит:

— В Подмосковье у меня имение, в Переяславском уезде и под Воронежем, в Дивногорье. Ну, и дом на Пятницкой, ты там бывал...

— Бывал... — вздыхает Батя.

— Так вот, Борис Борисович. Дом на Пятницкой я опричнине отдаю.

Тишина. Молчит Батя. Молчит Урусов. Молчим и мы. Замер Цао с откупоренной бутылкой сычуаньского в руке. Дом Урусова на Пятницкой... Это и домом-то назвать стыдно: дворец! Колонны из слоистого мрамора, крыша со скульптурами да вазами, ажурные решетки, привратники с алебардами, каменные львы… Внутри я не был, но догадаться нетрудно, что там еще покруче, чем снаружи. Говорят, у графа в приемной пол прозрачный, а под ним — аквариум с акулами. И все акулы — полосатые аки тигры. Затейливо!

— Дом на Пятницкой, — прищуривается Батя. — Отчего такой богатый подарок?

— Это не подарок. Мы с тобой люди деловые. Я вам дом, вы мне крышу. Опала пройдет — еще добавлю. Не обижу.

— Серьезное предложение, — прищуривается Батя, обводит нас взором. — Обсудить придется. Ну, кто?

Подымает руку Воск матерый.

— А дай-кось я молодых послушаю, — косится Батя на молодь. — А?

Подымает руку бойкий Потыка:

— Дозволь, Батя!

— Говори, Потыка.

— Прости, Батя, но сдается мне, что негоже нам мертвецов прикрывать. Потому как мертвому все одно — есть ли над ним крыша или нет. Да и не крыша ему нужна. А крышка.

Тишина в зале банной повисла. Тишина гробовая. Позеленело лицо графа. Чмокает губами Батя:

— Вот так, граф. Заметь, это голос молодняка нашего. Разумеешь, что о предложении твоем коренные опричники скажут?

Облизывает граф губы побелевшие:

— Послушай, Борис. Мы с тобой не дети. Какой мертвец? Какая крышка? Ну попал я Государю под горячую руку, но это же не навсегда! Государь знает, сколько я сделал для России! Год пройдет — простит он меня! А вы с прибытком останетесь!

Морщит лоб Батя:

— Думаешь, простит?

— Уверен.

— Что, опричники, думаете: простит Государь графа али нет?

— Не-е-е-ет! — хором отвечаем.

Разводит Батя руками крепкими:

— Вот видишь?

— Слушай! — вскакивает граф. — Хватит дурака валять! Мне не до шуток! Я потерял почти все! Но Богом клянусь — все вернется! Все вернется!

Вздыхает Батя, встает, на Ивана опираясь:

— Ты, граф, просто Иов. Все вернется... Ничего к тебе не вернется. А знаешь почему? Потому что ты страсть свою выше государства поставил.

— Ты, Борис, говори, да не заговаривайся!

— А я и не заговариваюсь, — подходит Батя к графу. — Ты думаешь, за что на тебя Государь осерчал? За то, что ты еть в огне любишь? За то, что дочь его срамишь? Нет. Не за это. Ты государственное имущество жег. Стало быть, против государства пошел. И против Государя.

— Дом Бобринской — ее собственность! При чем здесь Государь?!

— Да при том, садовая ты голова, что все мы — дети Государевы и все имущество наше ему принадлежит! И вся страна — его! Тебе ли не знать это? Ничему-то тебя жизнь не научила, Андрей Владимирович. Был ты зятем Государя, а стал бунтовщиком. Да и не просто бунтовщиком, а гадом. Падалью гнилой.

Яростью темной вспыхивают глаза графа:

— Что?! Ах ты пес...

Вкладывает Батя два пальца в рот, свистит. И как по команде молодые к графу бросаются, хватают.

— В купель его! — командует Батя.

Срывают опричники с графа простынь, швыряют в купель. Всплывает граф, отплевывается:

— Ответите, псы... ответите...

Глядь — а у молодых в руках ножи возникают. Вот это новость. Вот те и ясен пень! Почему я не знал? Каюк графу? Отмашку дали?

Встают молодые с ножами по краям купели.

— Гойда! — кричит Батя.

— Гойда-гойда! — кричат молодые.

— Гойда-гойда! — остальные подхватывают.

— Смерть врагам России! — Батя восклицает.

— Смерть! Смерть! Смерть! — подхватываем.

Подплывает граф к краю купели, за мрамор хватается. Но на другой стороне Комол рукой взмахивает: летит нож молнией, графу в спину сутулую впивается по самую рукоять. Вопль испускает граф яростный. Взмахивает рукой Охлоп — летит его нож, втыкается аккурат рядом с первым. Мечут ножи свои Елка и Авила — и тоже метко, тоже в спину *голого* графа. Вопит по-прежнему яростно, негодующе. Сколько злобы накопил, гад! Летят в него ножи остальных молодых. И все в цель попадают. Намастачились молодые ножи метать. Мы, коренные, ножами предпочитаем по-близкому действовать.

Уже не вопит, а хрипит граф, в воде ворочаясь. На мину морскую похож он.

— Вот тебе и «все вернется»... — усмехается Батя, берет бокал с подноса, отпивает.

По телу графа судорога проходит, и застывает он навсегда. Жизнь и судьба.

— Наверх его, — кивает Батя банщикам. — Воду сменить.

Выволакивают труп Урусова банщики из купели, снимают с него золотой крест нательный и знаменитый перстень с ежом, отдают Бате. Подбрасывает он то, что осталось от графа могущественного, на руке:

— Ну вот: был — и нету!

Уносят труп. Дает Батя крестик золотой Свириду:

— Отдашь завтра в храм наш.

Перстень с ежом надевает себе на мизинец:

— Вот и попарились. Наверх! Все — наверх!

Пробили часы напольные 2:30. Сидим в изразцовой гостиной. Оставил Батя на заполуночье токмо пятерых: Потыку, Воска, Балдохая, Ероху да меня. После *мокрого* пробило Батю нашего на кокошу с водочкой. Сидим за круглым столом красного гранита. А на нем — блюдо с полосками белыми, свеча, графин с водкою. Греет Ероха блюдо на свече, подсушивает кокошу снизу. Батя уже *хорош*. А когда ему *похорошо*, он нам речи возвышенные говорит. Речей этих у Бати нашего дорогого три: про Государя, про маму покойную и про веру христианскую. Сегодня черед — про веру:

— Вот вы, анохи мои свет-дорогие, думаете, ради чего Стену строили, ради чего огораживались, ради чего паспорта заграничные жгли, ради чего сословия ввели, ради чего умные машины на кириллицу переиначили? Ради прибытка?

Ради порядка? Ради покоя? Ради домостроя? Ради строительства большого и хорошего? Ради домов хороших? Ради сапог сафьяновых, чтобы все притопывали да прихлопывали? Ради всего правильного, честного, добротного, чтобы все у нас было, да? Ради мощи государственной, чтобы она была как прямо столб из древа тамаринда небесного? Чтобы она подпирала свод небесный со звездами, мать твою хорошую, чтобы звезды те сияли, волки вы сопатые, соломой напхатые, чтобы луна светила, чтобы ветер вам теплый в жопы дул-передул-незадул, так? Чтобы жопам вашим тепло было в портках бархатных? Чтобы головам вашим уютно было под шапками-то соболиными, так? Чтоб жили не по лжи волки-волчары все сопатые? Чтобы бегали все стаями, хорошо бегали, прямо, кучно, пресвятая, начальников слушались, хлеб жали вовремя, кормили брата своего, любили жен своих и детей, так?

Батя делает паузу, втягивает в ноздрю свою добрую понюшку кокоши белого и сразу запивает водкой. Мы проделываем то же самое.

— Так вот, анохи мои свет-родимые, не для этого все. А для того, чтобы сохранить веру Христову как сокровище непорочное, так? Ибо токмо мы, православные, сохранили на земле церковь как Тело Христово, церковь единую, святую, соборную, апостольскую и непогрешимую, так? Ибо после Второго Никейского собора правильно славим Господа токмо мы, ибо православные, ибо право правильно славить Господа никто не отобрал у нас, так? Ибо не отступили мы от соборности, от святых икон, от Богородицы, от веры отцов, от Троицы Живоначальной, от Духа Святаго, Господа, Животворящаго, Иже от Отца исходящаго, Иже со Отцем и Сыном спокланяема и сславима, глаголавшего пророки, так? Ибо отвергли мы все богомерзкое: и манихейство, и монофелитство, и монофизитство, так? Ибо кому церковь не мать, тому и Бог не отец, так? Ибо Бог по природе своей выше всякого понимания, так? Ибо все батюшки правоверные — наследники Петра, так? Ибо нет чистилища, а есть токмо ад и рай, так? Ибо человек рожден смертным и потому грешит, так? Ибо Бог есть свет, так? Ибо Спаситель наш стал человеком, чтобы мы с вами, волки сопатые, стали богами, так? Вот поэтому-то и выстроил Государь наш Стену Великую, дабы отгородиться от смрада и неверия, от киберпанков проклятых, от содомитов, от католиков, от меланхоликов, от буддистов, от садистов, от сатанистов, от марксистов, от мегаонанистов, от фашистов, от плюралистов и атеистов! Ибо вера, волки вы сопатые, это вам не кошелек! Не кафтан парчовый! Не дубина дубовая! А что такое вера? А вера, анохи громкие мои, — это колодезь воды ключевой, чистой, прозрачной, тихой, невзрачной, сильной да обильной! Поняли? Или повторить вам?

— Поняли, Батя, — как всегда отвечаем.

— А коли поняли — слава Богу.

Крестится Батя. Крестимся и мы. Нюхаем. Запиваем. Крякаем.

И вдруг Ероха обидно ноздрей сопит.

— Чего ты? — поворачивается Батя к нему.

— Прости, Батя, коли слово тебе поперек скажу.

— Ну?

— Обидно мне.

— Чего тебе обидно, брат Ероха?

— Что ты перстень столбового на палец себе надел.

Дело говорит Ероха. Смотрит на него Батя с прищуром. Произносит громко:

— Трофим!

Возникает слуга батин:

— Чего изволите, хозяин?

— Топор!

— Слушаюсь.

Сидим мы, переглядываемся. А Батя на нас поглядывает да улыбу давит. Входит Трофим с топором. Снимает Батя перстень с мизинца, кладет на стол гранитный:

— Давай!

С полуслова понял все верный Трофим: размахивается да обушком — по перстню. Только брызги алмазные в стороны.

— Вот так! — смеется Батя.

Смеемся и мы. Вот это — Батя наш. За это любим его, за это бережем, за это верность ему храним. А он пыль алмазную со стола сдувает:

— Ну, чего рты раззявили? Нарезайте!

Занимается Потыка кокошей, нарезает полосы. Хочу было спросить, почему графом молодь занималась, а мы, коренные, и не ведали ничего. Не у дел мы, что ли? Доверие теряем? Но — сдерживаюсь: по горячим следам лучше не соваться. Я ужо опосля к Бате *снизу* подстроюсь.

И вдруг Балдохай:

— Бать, а кто ж этот пасквиль сочинил?

— Филька-рифмоплет.

— Кто таков?

— Способный парень. Будет на нас работать... — наклоняется Батя, всасывает белую полосу через свою трубочку костяную. — Он тут про Государя написал здорово. Хотите послушать? А ну, набери его, Трофим.

Набирает Трофим номер, возникает неподалеку заспанно-испуганная рожа в очках.

— Дрыхнешь? — выпивает Батя рюмку.

— Ну что вы, Борис Борисович... — бормочет рифмоплет.

— А ну, прочти нам посвящение Государю.

Поправляет тот очки, откашливается, декламирует с выражением:

> А в эти дни на расстоянье
> За древней каменной стеной
> Живет не человек — деянье:
> Поступок ростом с шар земной.

> Судьба дала ему уделом
> Предшествующего пробел.
> Он — то, что снилось самым смелым,
> Но до него никто не смел.

> Но он остался человеком
> И если, волку вперерез,
> Пальнет зимой по лесосекам,
> Ему, как всем, ответит лес.

Стукает Батя кулаком по столу:

— А? Вот сукин сын! Ловко ведь завернул, а?

Соглашаемся:

— Ловко.

— Ладно, дрыхни дальше, Филька! — выключает его Батя.

И вдруг запевает басом:

> Минуту горя, час трево-о-о-ги
> Хочу делить с тобой всегда-а-аа!
> Давай сверлить друг другу но-о-оги —
> И в дальний путь на долгие года-а-а-а!

Надеялся я, что избежим сегодня этого, что свалится Батя раньше. Но неуклонен командир наш: после кокоши с водкой тянет его на сверление. Что ж — сверлить так сверлить. Не впервой. Трофим уж тут как тут: открывает красный короб, а в нем уложены, как револьверы, красные дрели. В каждой дрели — тончайшее сверло из живородящего алмаза. Думаю, вспомнил Батя про забаву *острую* свою, когда перстень брильянтовый перед ним сокрушен был. Раздает Трофим всем по дрели.

— По моей команде! — бормочет Батя захмелевше-задубевший. — Раз, два, три!

Опускаем дрели под стол, включаем и стараемся с одного раза попасть в чью-то ногу. Втыкать можно токмо раз. Ежели промахнулся — не обессудь. Попадаю, кажется, Воску, а мне в левую, наверно, сам Батя впивается. Начинается сверление:

— Гойда-гойда!

— Гойда-гойда!

— Жги, жги, жги!

Терпеть, терпеть, терпеть. Сверла сквозь мясо, как сквозь масло, проходят, в кости упираются. Терпеть, терпеть, терпеть! Терпим, зубами скрежещем, в лица друг друга вглядываемся:

— Жги! Жги! Жги!

Терпим, терпим, терпим. До мозга костного комариные сверла достают. И не выдерживает первым Потыка:

— А-а-а-а-а!

— Облом! — командует Батя.

Ломаем сверла. Обломки в ногах наших остаются. Проиграл Потыка: морщась и поскуливая, хватается за коленку свою. Терпение — вот чему молодым надобно у нас, коренных, поучиться.

— Вахрушев! — кричит Батя.

Появляется молчаливый Петр Семенович, врач опричнины, с двумя помощниками. Вынимают они из наших ног обломки сверл алмазных, тончайших-претончайших, чуть толще бабьего волоса, накладывают пластыри, вводят лекарствия. Валится Батя на руки слуг, бьет их по мордасам, поет песни, хохочет, пердит. Потыка как проигравший отдает в *котел* опричный все, что у него в кошельке, — пару сотен бумагой и полсотни золотом.

— Конец — делу венец! — ревет Батя. — Извозчиков!

Подхватывают меня под руки слуги, выносят.

Везет меня домой на моем «мерине» водитель казенный. Полулежу в полудреме. Мелькает Москва ночная. Огни. Мелькает Подмосковье заполуночное. Елки-крыши. Крыши-елки. Крышеелки, снегом припорошенные. Хорошо из Москвы суровой после дня рабочего полноценного в родное Подмосковье возвращаться. А с Москвой прощаться. Потому как Москва — она всей России голова. А в голове имеется мозг. Он к ночи устает. И во сне поет. И в этом пении есть движенье: суженье, растяженье. Напряженье. Многие миллионы вольт и ампер создают необходимый размер. Там живут энергетические врачи. Там мелькают атомные кирпичи. Свистят и в ряды укладываются. Друг в друга вмазываются. Влипают намертво на тысячи век. И из этого построен человек. Дома молекул с кладкою в три кирпича. А то и в четыре. Кто шире?

А иногда и в восемьдесят восемь. Мы их об этом потом расспросим. И все дома за заборами крепкими, все с охраной, твари крамольные, гниды своевольные, во гресех рожденные, на казни осужденные. Кипят котлы государственные. Жир, жир, жир почивших в бозе капает и льется на морозе. Жир человеческий, топленый, из котла чугунного, переполненного через край переливается, переливается, переливается, переливается. Льется поток жира непрерывный. Застывает на морозе лютом. Перламутром. Застывает, застывает, застывает, застывает скульптурой красивой. Прекрасной. Превосходной. Неповторимой. Благолепной. Прелестной. Красота скульптуры жировой божественна и неописуема. Розовый жир перламутровый, нежный, прохладный. Грудь Государыни отлита из жира подданных ее. Огромадна грудь Государыни нашей! Над нами она в синеве нависает. Необозрима она! Дотянуться до нее, долететь на китайском аэроплане быстрокрылом, на яростном истребителе врагов наших, коснуться губами, припасть, щекою прижаться, прижаться, примерзнуть навеки, чтобы не оторвали калеки, чтобы никто не отодрал от груди, не отодрал от груди Государыневой, не отодрал щипцами калеными, не отрезал ножом, не отковырнул ломом, не отломил с костями, кости трещат громко, мясо, мясо лопается, мясо мое, мясо тленное и бренное, бедное мясо мое, ибо яко аще бы восхотел еси жертвы, дал бых убо, а не мясо мое лопнувшее, слава тебе в вышине небесной, слава во веки веков тебе, мамо наша Жира Белаго!

— Хозяин, батюшка Андрей Данилович!

Открываю глаза. Ночник высветил лицо Анастасии заплаканное. В руке у нее пузырек с нашатырем. Сует мне в нос. Отпихиваю, морщусь, чихаю:

— Чтоб тебя...

Глядит на меня:

— Что ж вы такое с собою делаете? Пошто не бережете здоровье свое?

Ворочаюсь, а сил приподняться нет. Вспоминаю: что-то она мне плохое сделала. Не могу вспомнить — что... Жажду:

— Пить!

Подносит ковш с белым квасом. Осушаю. В изнеможении откидываюсь на подушки. Теперь главное — рыгнуть. Рыгаю. Сразу легче становится:

— Который час?

— Половина пятого.

— Утра?

— Утра, Андрей Данилович.

— Стало быть, я еще не ложился?

— Вас в беспамятстве доставили.

— Где Федька?

— Тут я, Андрей Данилович.

Возле постели возникает хмурая рожа Федьки.

— Звонил кто?

— Никто не звонил.

— Что дома творится?

— Нянька творогом отравилась, рвало ее желчью. Танька просится в среду к своим на крестины. В ванной опять игольчатый душ подтекает, я уже послал по Сетке вызов. И надо бы голову собачью утвердить на завтра, Андрей Данилович. А то нонешнюю вороны расклевали. У меня две есть: кавказская овчарка, свежак, и бордоский дог, мороженый, от «Белого холода». Прикажете принести?

— Завтра. Пшел вон.

Федька исчезает. Гасит Анастасия ночник, раздевается в темноте, крестится, бормочет молитву на сон грядущий, ложится ко мне под одеяло. Приникает теплым голым телом, вынимает из мочки уха моего золотой колоколец, кладет на тумбочку:

— Полюбить вас нежно дозволите?

— Завтра, — бормочу, свинцовые веки прикрывая.

— Как скажете, господин мой… — вздыхает она мне в ухо, гладит лоб.

Что-то она мне все-таки сделала… не очень хорошее. Что-то по-тайному… Что? Сказал же кто-то сегодня. А у кого я был? У Бати. У «добромольцев». У Государыни. У кого еще? Забыл.

— Слушай, ты ничего не украла у меня?

— Господи… Что ж вы такое говорите, Андрей Данилович?! Господи! — всхлипывает.

— Насть, а у кого я был сегодня?

— Почем же мне знать-то? Наверно, в какую-нибудь полюбовницу столичную семя обронили, потому и не мила я вам боле. Вон… напраслину возводите на честную девушку…

Всхлипывает.

Еле ворочая рукой свинцовой, обнимаю:

— Ладно, дура, я дела государственные вершил, жизнью рисковал.

— Сто лет прожить вам… — обиженно бормочет она, всхлипывая в темноте.

Сто не сто, а поживу еще. Поживем, поживем. Да и другим дадим пожить. Жизнь горячая, героическая, государственная. Ответственная. Надо служить делу великому. Надобно жить сволочам назло, России на радость… Конь мой белый, погоди… не убегай… куда ты, родимый… куда, белогривый… сахарный конь мой… живы, ох, живы… живы кони, живы люди… все живы покуда… все… вся опричнина… вся опричнина родная. А покуда жива опричнина, жива и Россия.

И слава Богу.

Литературно-художественное издание

ЭКСКЛЮЗИВНАЯ НОВАЯ КЛАССИКА

Сорокин Владимир Георгиевич

ДЕНЬ ОПРИЧНИКА

Повесть

Ответственный редактор *А. Самойлова*
Редактор *Е. Лавут*
Художественный редактор *Е. Фрей*
Технический редактор *Г. Этманова*
Компьютерная верстка *З. Полосухина*

ООО «Издательство АСТ»
129085, г. Москва, Звездный бульвар, д. 21, строение 3, комната 5
Наш электронный адрес: **www.ast.ru**
E-mail: **astpub@aha.ru**

«Баспа Аста» деген ООО
129085, г. Мәскеу, жұлдызды гүлзар, д. 21, 3 құрылым, 5 бөлме
Біздің электрондық мекенжайымыз: www.ast.ru
E-mail: astpub@aha.ru

Қазақстан Республикасында дистрибьютор
және өнім бойынша арыз-талаптарды қабылдаушының
өкілі «РДЦ-Алматы» ЖШС, Алматы қ., Домбровский көш., 3«а», литер Б, офис 1.
Тел.: 8(727) 2 51 59 89,90,91,92
Факс: 8 (727) 251 58 12, вн. 107; E-mail: RDC-Almaty@eksmo.kz
Өнімнің жарамдылық мерзімі шектелмеген.
Өндірген мемлекет: Ресей
Сертификация қарастырылмаған

Подписано в печать 18.11.2015. Формат 76×100^1/$_{32}$.
Гарнитура Myriad Pro. Печать офсетная. Усл. печ. л. 9,85.
Доп. тираж 3000 экз. Заказ 8966.

Отпечатано в соответствии с предоставленными материалами
в АО «Первая Образцовая типография»
Филиал «УЛЬЯНОВСКИЙ ДОМ ПЕЧАТИ»
432980, г. Ульяновск, ул. Гончарова, 14

ISBN 978-5-17-086652-6

9 785170 866526 >